碧水丹心

戴桂林/著

北方联合出版传媒（集团）股份有限公司

春风文艺出版社

图书在版编目（CIP）数据

碧水丹心 / 戴桂林著. —沈阳：春风文艺出版社，
2016.9（2021.8重印）

ISBN 978-7-5313-5110-8

Ⅰ.①碧… Ⅱ.①戴… Ⅲ.①诗词—作品集—中国—
当代 Ⅳ.①I227

中国版本图书馆CIP数据核字（2016）第221623号

碧水丹心

出版发行：春风文艺出版社
　　　　　（地址：沈阳市和平区十一纬路25号　邮编：110003）
联系电话：024-23284402/010-88019650
传　　真：010-88019682
E - mail：fushichuanmei@mail.lnpgc.com.cn
印 刷 者：三河市兴国印务有限公司
经 销 者：各地新华书店

幅面尺寸：145mm×210mm
字　　数：154千字　　　　　印　　张：8
出版时间：2016年9月第1版　印刷时间：2021年8月第2次印刷

责任编辑：崔丹　　　　　　　责任校对：王洪强
封面设计：京华城信　　　　　封面制作：京华城信
板式设计：京华城信　　　　　责任印制：高春雨

如有质量问题，请速与印务部联系　联系电话：010-88019750

ISBN 978-7-5313-5110-8
定价：48.00元

序一　碧水丹心　铸魂筑梦

冷杰松

我与戴老师相识多年，初次见面，戴老师给我留下的印象是慈眉善目、彬彬有礼，稍作交流，顿感戴老师胸襟开阔、充满朝气，接触越多越感觉到戴老师实在真诚、可亲可敬。

《碧水丹心》是本诗集，有讲究工整的律诗，有洋洋洒洒、心意潮涌的新诗，徜徉其中，欣赏到的是一幅幅真实感人的画面，清晰地反映出戴老师来京十二年一路前行的历程，总是让人在特定的意境中为之一振，感悟到一些哲理。

专注教育，桃李满天下。打开诗集，映入眼帘的首先是戴老师的教育情怀，戴老师为教育事业倾注了几十年的心血，可以说是情有独钟，在这方面戴老师的收获颇丰。无论是作文课题研究的突破，还是指导学生作文竞赛的获奖，都会让每个教育工作者羡慕不已。特别是育人方面，凡是戴老师教育出来的学生，无论在哪条战线上都很优秀、都有所建树。这当中有中科院博士生导师、大学教授、国防战线科研尖兵、高级工程师、主任医师、高级商务师和中学特级教师等。学生遍四海，纷纷获大奖，还有学生登上了国家最高领奖台，从国家最高领导人手中捧回《国家科技进步一等奖》荣誉证书。多育人才、育好人才，这是教育工作者最根本的职责，也是教育工作者最大的成功、最大的荣耀。国家腾飞、民族崛起需要人才，戴老师的教育理念和做法很值得当今教育界有关人士探讨和借鉴。

传播爱心，拓展正能量。在戴老师的诗篇里，我发现一些小故事：一名学生因家庭经济困难被迫辍学在家，戴老师设法帮助解决；一名学生上了高校因身体原因思想产生了动摇，戴老师全程跟踪服务。在戴老师班上，不管什么样家庭背景的学生都会受到同样的关爱，积极性都会得到充分的调动，个性都会得到应有的张扬，人格都会得到健全的塑造。杨中春是一个纯农民的孩子，家境贫寒，戴老师将当年全校唯一一名省级三好学生的名额推荐给他，在此教育公平得到了最典型的体现。戴老师的一言一行赢得了一身正气、两袖清风的赞誉，更受到了学生们的普遍尊重和喜爱，有一次我看到一名年过半百的学生当众红润着眼眶说："我父母已经过世，戴老师就是我爸爸，张老师就是我妈妈。"全场无不为之动容。戴老师的学生都有一个特点——阳光、向上、有爱心，凡是了解他的人都这样说，他的学生杨中春在2012年7月21日北京特大抗洪救灾中，指挥公司项目部175名员工成功救起204名被困群众，此举震惊全国。这是爱的延伸和升华，用行动诠释了人间大美。

碧水人生，铸魂筑梦想。戴老师工作生涯中，与水结下了不解之缘，工作起步是插队开河治水，年近七旬还奉献于碧水事业。戴老师喜欢以碧水喻人生，我常琢磨其含义，孔子有一段阐述水的话，富含哲理，耐人寻味："夫水者，君子比德焉。遍予而无私，似德；所及者生，似仁；其流卑下，句倨皆循其理，似义；浅者流行，深者不测，似智；其赴百仞之谷不疑，似勇；绵弱而微达，似察；受恶不让，似包；蒙不清以入，鲜洁以出，似善；化至量必平，似正；盈不求概，似度；其万折必东，似意。是以君子见大水必观焉尔也。"在这里我找到了答案。曾听知情人介绍，戴老师助力公司争取荣誉一大串：感动海淀十大文明人物、中国好人榜、北京十大最具影响力企业家……可他从未提及自己的笔耕付出。有一次援藏活动中，他悄悄地捐了五千元，事隔很久大家才知道，都纷纷翘起大拇指。无论诗内诗外，都会让人感动，都会感受到戴老师在精神层面上的追求。万众一心同梦想，为国为民争奉献，《碧水丹心》无疑是改革大潮中突出的好声音。我们的时代就需要像《碧水丹心》这样的作品，就需要像戴老师这样具有碧水品质的、实实在在的筑梦人！

高诵《碧水丹心》，携手铸魂筑梦！

2016年7月

（本文作者为内蒙古军区司令员，少将军衔，曾参加过边境反击战，因立功受邓小平接见，被中央军委授予"侦察英雄"称号，是敌特工闻风丧胆的军中"冷大胆"。）

序二　　　根深才能枝叶茂
——读《碧水丹心》有感

明星

《碧水丹心》是一本诗集，以一位年届六旬的创业者自2004年至2016年间"入京十二年"之作统合全篇。作者在古体诗与新体诗之间左右逢源，奏响了一支教育与爱、创业与创新的交响曲。

老骥伏枥

《碧水丹心》的作者是戴桂林。入京之前，他是一位德高望重的教育工作者，担任江苏省盐城市大冈中学教导主任一职；入京之后，他摇身一变成为一名创业者，辅佐学生、北京久安建设投资集团有限公司（以下简称"京久安"）总经理杨中春，在创新创业的大潮中一路前行，在环保领域闯出了一片天下。

四年前，我与戴老师在碧水源相识。这些年，我们经常联络，每次相聚，总是相见甚欢，相谈甚悦。《碧水丹心》出版前，戴老师邀我为诗集作序，尽管力不胜任，作为他的忘年交，我仍感万分荣幸。

我想，如果没有这段师生情，戴老师的退休生活会更加惬意，他是一名文艺爱好者，喜欢奔走于笔墨纸砚、浓墨重彩之间。有了这段师生情，他的生活少了些许安逸，更多的时候是在展现一位育人者的责任与担当。这十二年来，他对工作的激情，就像漫山的花朵，竞相开放，生机勃勃；他对后辈的奉献，就像山间的溪流，流进田园，不求回报。

正值大冈中学六十年校庆前夕，能够把他"北上创业，辅佐学生"的故事刊刻于世，激励后人，是众望所归。

如果翻开《碧水丹心》仔细品味，就不难发现，"情谊"是戴老师诗歌写作的源泉。他徜徉于师生情、同事情、同学情之间，渡己达人；他奔走于国情、家情与企业情之间，喜不自胜。正是这些情谊的发扬，让京久安"文武双全"，正能量十足。

戴老师给我的第一印象非常深，萦绕在心头，挥之不去。四年前，我去中关村生命科学园采访中关村知名环保企业、创业板上市公司碧水源的董事长文剑平，戴老师负责接待工作。那天他身着白衬衣，戴一副金丝眼镜，腰杆挺得笔直，亲切热情，彬彬有礼。采访持续到很晚，当时的北清路人烟稀少，交通不便，远没有如今繁荣，戴老师坚持坐公司车把我安全送到家，那份对后辈的体贴与关怀，令我十分感动。

　　第二次与戴老师相见，是在2012年7月底。我应中关村核心区海淀园工委宾智慧老师之邀，去京久安采访杨中春总经理，报道公司在北京"7·21"特大暴雨中勇救200余人的事迹。当时戴老师已经调回京久安，专门负责党务工作。正是那次见面，让我知晓了戴老师与杨总的师生情，也让我发现在戴老师"润物细无声"的教育感召下，他的学生在国家面临危难、他人生命遭遇威胁的情势下，做出了"牺牲小我，保全大我"的无私之举。作为一位育人者，他眼中的自豪感溢于言表。

　　第三次与戴老师相见，是在2016年初。我应戴老师之邀，去京久安采访杨中春总经理。如今的京久安已经从一家环保建筑企业成功转型升级为一家环保治理企业，而此时的戴老师也已经华发丛生。十二年时间，让一家企业成功转型，让一位企业家星光熠熠，让他们背后的支持者即使燃烧了自己，也满是欣慰的喜悦。

　　不，这些还远远不够。

　　诗歌述史，文以载道。戴老师魂系家国，忧乐天下，付深情，勇担当，负责任。他的诗歌以水为主线，抒发了灵魂深处的真善美和创业人的苦乐愁。

上善若水

　　从青年开始，戴老师就与水缔结了很深的缘分，并与其相伴数十年。

　　他是文革前老三届高中毕业生，在那个激情燃烧的火红的年代，不及弱冠之年的戴老师响应国家号召，来到江苏盐城解放村插队，接受贫下中农再教育。当时的解放村是全省乃至全国沿海地区开河治水的先进典型，也被戴老师亲切地称为"第二故乡"。插队期间，他几乎干过所有的农活，与农民兄弟同吃同住，一身泥巴，一手老茧，开河治水，心怀朝阳。四十余年后，他重返知青故里，并用诗歌回顾了那段峥嵘岁月的景象："摇橹拉纤划双桨，挑渣掏粪刷猪仓，吃三睡五干十六，除夕之夜摆战场。打顶抹赘遏疯长，看苗施肥捉黄秧，肩扛均步跨渡槽，垛尖叉草揽月亮。"

正是这段熔炉般的磨砺，在戴老师心中深深地烙下劳动光荣的印记；也正是这段开河治水的经历，为他的人生积淀了不可多得的财富。如今的解放村通过几代人的奋斗，已经是"刘龙包庄新景象，园区连片纺织厂，倒塘碧波鱼跳跃，稻谷飘香喜逐浪"。而当时那个初入社会的青年，在经受了劳动的洗礼后，人生也开始闪熠光辉，演绎出别样的精彩，正如诗里所记述的，"田间慰问样板唱，自编自演追时尚，工棚席地爬格子，报刊电台播文章"。

对文学的痴迷与执着，练就了戴老师高超的语文素养；对社会的感知与体悟，培养了他深厚的人文情怀。这个有温度有情怀的青年在返城后，顺理成章地在恢复高考的选拔中脱颖而出，成为一名光荣的人民教师。

大冈中学位于江苏省盐城市大冈镇内，这里有靴子沟和卧龙桥的美丽传说，风景秀美，人文荟萃。"立信尚学、成人成才"是大冈中学的校训，学校流淌的源源不断的生命活水，正汇聚成奋勇前行的强大力量。戴老师在《碧水丹心》中写到："大冈中学取得的教育教学成果之多，对社会的实际贡献之大，非一般重点中学真正能与之相比。"

从这里走出的很多学生已经成为各条战线上的弄潮儿。在戴老师的诗歌中，记载了多位大冈中学的天之骄子：中国工程院院士、欧亚科学院院士郭仁忠，中国科学院教授、博士生导师程祝宽，北京大学教授、博士生导师郭宗明，博士生导师、国防科研尖兵刘卫国，南京大学教授陈如松，江苏江鸿国际集团副总经理、高级国际商务师颜小品，上柴动力海安有限公司党总支书记、高级工程师施广中，江苏省盐城电信公司总经理、高级工程师石磊，江苏悦达纺织集团有限公司总经理、高级工程师王圣杰，江苏省中学语文特级教师杨万扣，北京久安建设投资集团有限公司总经理杨中春……他们不惧艰难，乘风破浪，扎实奋进，在双创热潮中，在科研和教育领域取得了颇具影响力的成果。

有人说，教师如水，点点滴滴，涓涓细流，滋润一批批学生，培养一代代栋梁。

戴老师一心专注教育，学生遍四海，双创传喜讯，有的还登上了国家最高领奖台。2016年初，好消息接踵而至。杨中春刚刚捧回"2015年北京十大最具影响力企业家"的奖杯，两个星期后，刘卫国又登上国家最高领奖台，从国家最高领导人手中接过国家科技进步一等奖荣誉证书。

有人说，业务高品位是师之根，师德高品格是师之本，而育人高品牌是师之晶。

戴老师业务精熟，修养待人，分寸处事，章法管理，胸襟涵养，乐于奉献。他有崇高的职业理想，并积极投身于教育改革，他认为教育就是爱，就是服务，就是奉献。在他的信仰里，奉行一句话："文脉当传承，教育定繁盛。"

工作期间，戴老师发表教育教学论文和通讯报道200余篇；创设主持的作文研究课题《把握五个环节，提高习作水平》在全国中语会课堂教学研究中心立项、结题，并荣获一等奖；指导学生在省级（含中央电视台）以上作文、手抄报比赛中获奖者有近百人次。

士有百行，以德为先。我很喜欢《孔子集语》中的一段以水比喻君子之德的论断。原文如下：

子贡问："君子见大水必观焉，何也？"孔子曰："夫水者，君子比德焉。遍予而无私，似德；所及者生，似仁；其流卑下，句倨皆循其理，似义；浅者流行，深者不测，似智；其赴百仞之谷不疑，似勇；绵弱而微达，似察；受恶不让，似包；蒙不清以入，鲜洁以出，似善化；至量必平，似正；盈不求概，似度；其万折必东，似意。是以君子见大水必观焉尔也。"

其中，"遍予而无私，似德；所及者生，似仁"可以释义为：水遍及天下，没有偏私，好比君子之道德。水所到之处，滋养万物，好比君子之仁爱。

这两句用在教师身上，亦如是。

就教育而言，任何成功的教育都蕴含了伟大的师爱在其中，戴老师不仅喜爱聪明、活泼、可爱的学生，还把更多的爱给了后进生和贫困生。他关心班上的每一个学生，尊重每一个学生的人格，努力开发每一个学生的潜在能力。

杨中春生长在农村的一个贫困家庭，但他没有因此被另眼相待，相反在他的学习和生活中，戴老师给予了他很多的鼓励和支持。杨中春在学习上不是最尖的学生，但是他诚实守信，乐于助人，即使捡到内有巨款的钱包也能拾金不昧，这些美好的品德深得戴老师赞赏。在一次省级三好生评选中，戴老师将唯一一个名额推荐给了这个来自农村的贫困生。他认为一个好学生不仅要学习好，更重要的是品德好。如今，杨中春已成为远近闻名的企业家，戴老师真正是慧眼识英才。

徐国清是班上的尖子生，但因家境贫困和学科不平衡，曾被迫辍学在家，后来在老师们的帮助下重返校园，克服困难奋发努力，仅语文学科一年就上升30分，一举圆了大学梦。现在，他已经是一名具备高级职称、医德好、医术精，在盐城一方百姓中颇有好评的外科医生。

我想，或许是有了学生时期交不上学费被老师罚站"晒太阳"的经历，才让戴老师更能够体会贫穷之不易，教育之可贵。令人欣慰的是，他将这件事写成诗歌，权当作人生中的小小磨砺，没有抱怨，没有指责，有的只是跨越苦难后的喜悦，还有对同学帮扶之情谊的珍惜。多么善良的一个人啊！

教育是以教师的人格为依据的。"一日为师长，终生责任当，园丁乐耕耘，林旺遍阳光。"戴老师公正对待每一个学生，让每一个学生体会到自己在集体中的地位是完全平等的，所以他的学生不论家庭之贫富，不论学习之高低，都能够抬起头来做事，挺起胸来做人。他用自己的教育热情和人格魅力去感染和影响着他的学生，对于后者成长所起的作用不可估量。

在《孔子集语》中，"蒙不清以入，鲜洁以出，似善化；……盈不求概，似度"的解释是：水承受不法，终至澄清，好比君子之善化。水过满即止，并不贪得，好比君子之适度。

我跟戴老师接触不多，却对他印象颇深。见微知著，小的细节就可以窥见一个人品格之可贵。去年冬天，我去京久安丰台区高碑店污水处理厂和门头沟区第二再生水厂实地采访，当天寒风凛冽，气温降到零下十几度，由于设备都在室外，67岁的戴老师坚持在寒风中陪着我站了好几个小时。

在返程途中，我和戴老师探讨起教书育人的艺术，他给我讲了一个真实的故事。高中生正值青春年少、血气方刚，对性有了懵懂的认识和好奇。在他执教的班级中，一个男生一度迷恋一位年轻漂亮的女老师，后者尴尬不已，跑去向戴老师"告状"，戴老师为了不让男生难堪，放学后才把他叫到办公室，没有讽刺，没有责骂，而是平心静气地对男生说，"每个人都有追求美的权利，任何美好的人或事物都值得去欣赏。但是，欣赏是有限度的，看一眼是欣赏，看多了别人又会怎样看待你呢？"就这样，晓之以理，动之以情，在别人眼中可能会被误认为是"流氓"的闹剧，戴老师几句话就轻松地解决了，更为重要的是，他为学生留住了尊严。

有人说，教师是学生心智的启迪者和导航人。戴老师为人师表，率先垂范，因为爱学生，善待学生，戴老师才能永葆教育热情，享受学生成长的快乐。

他的诗歌很少诉说他对学生的恩情，更多的内容是在描述学生成才带给他的喜悦和欣慰之情。"艳阳高照东风吹，卫国登台捧奖杯，巨手紧握笑相视，牢记使命担在肩。""工程院士出大冈，卧龙桥下水欢畅，太祖京娘传佳话，北大清华成批上。""文脉传承需源长，苗圃岂图花衣裳？资源配置应合理，人才培养第一桩。""两京一线牵，诸生皆人杰，孔圣叹莫及，情谊传万年。""春风阵阵暖心房，喜闻爱生抱孙忙，三十余年风雨路，浮云退尽唯情长。""与生结伴迎峰上，耕耘苗圃创辉煌，倾注心血育栋材，青蓝传承代代强。"

正所谓"饮其流者怀其源，学其成时念吾师"。

当年，他对学生的爱如阳光般洒遍每个学生；今时，学生不忘他的恩情时常看望。"秀峰绵无限，不尽师生情！"在戴老师的几首诗歌中，有如下记载："回乡两天整，竟没进家门，青蓝聚温泉，完美一愿景。""爱生天下诚，纷纷赶盐城，中明松品归，时逝言不尽。""卧龙桥下好风光，靴子河畔育苗壮，廉颇老矣志尚存，何日渊明归故乡？""与87届部分学生相聚，面对都年近半百的学子连连敬酒，含热泪抱老师，叫老爸抒心曲，往事沧桑，历历在目，尤其是看到当年的学生，如今都成祖国的栋梁，实在让人开心激动。"

更让他感到欣慰的是，他的学生们用行动谱写了一曲曲新时代的大爱无疆的赞歌："87届有个学生身体有恙，他的同学纷纷伸出援助之手，还对一个失去父爱的小孩及时送去温暖、给予大力资助；在 2012年7月21日北京特大暴雨中，杨中春组织指挥175名员工救出204名受困群众；一名家境普通的幼童手臂被碾压受伤严重，93届同学两天众筹40万元，让孩子及时得到救治……无论是承担社会责任，还是建设精神文明，都可以看到大冈中学学子青出于蓝的表现与担当。

除了师生情外，《碧水丹心》中还记述了人生中别样的情思。

借水抒情，以水明志。

在表达各种情感时，水独得戴老师的青睐，有了水的洗礼，他的诗歌充满了灵性和诗意。"瑶池赐云来，飞瀑挂山涧。""淀水翻波闪金光，荷花竞放迎朝阳；鹅鸭嬉戏鸟掠空，芦苇深处渔歌荡。""阵雨洒后碧空现，橡胶椰林翠欲滴，外海湛蓝惊涛狂，湾内透绿珊瑚见。"记述了游历祖国河山的悠然之情。"周柏碧透油，桐叶散落珠，千年历沧桑，一泓天地流。""习风吹九州，功名勿追求，潭边欲掬水，身正影自留。"表达了心存敬畏、行有坚守的高尚情操。"雨停风清院飘香，菜鲜酒醇迎客忙，将军设宴星光闪，主宾举杯拉家常。侦察英雄远名扬，欲血奋战保边疆，潜伏四天加三夜，徒手擒获白眼狼。"这是向英雄致敬的赞歌。"园外雪花飘飘，池中热气冒冒；纪念红宝石婚，全家温泉泡泡。""一铭欲离大人旁，比划掌舵拨航向；手拍浪花沫溅身，舟飞人欢乐满仓。"抒发了尽享天伦的怡然之情。"少年立志应自强，兴趣广泛体格壮；天井怎跑千里马？还需自然大课程。""海行龙舟在远航，两岸美景尽眺望；仓内串珠巧折纸，放飞小船寄理想。"这是一位育人者对教育现状"亦喜亦忧"的感慨，也是对"少年强则中国强"的呐喊。"民族复兴国运旺，人才辈出是希望；圆梦中华靠实干，培养人才第一桩。"因此"劝君莫做揠苗人，循序渐进促成长。"

以水为媒，情比金坚。

翻看戴老师的诗集，一首名为《心中牡丹》的诗映入我的眼帘。这是一组关于爱的"史诗"，记述了一对老人从一见钟情到携手四十载的爱情故事。盐城市亭湖区辖区内有一个叫作便仓的农村集镇，镇上有一个枯枝牡丹园，远近闻名。每逢谷雨时节，这里叶茂花盛，游人如织。正是一次偶然的邂逅，成就了一段美满的姻缘。戴老师夫妻二人伉俪情深，琴瑟和鸣。我很向往这种意境："奇妙佳话传大冈，桂林乘船正下乡，恰逢美女岸上过，嘉耦天成结鸳鸯。""夫君伏案待身旁，轻轻披衣防风凉，一旦文稿被采用，拉手唱歌荡双桨。"也感动于这份坚守："桂珍来电催人慌，安逸挑战选哪项？离家弃业赴京城，重情重义声名扬。""夫唱妇随度春秋，风雨同舟一路歌；携手并肩迎万难，相濡以沫跨坎坷。"如果没有爱人的支持与陪伴，戴老师"北上创业"便无从谈起。

治水情怀

盐城人依水而生，伴水而在，随水而长。这里的人们有着悠久的治水传统和抗洪精神。从古至今，盐城人从单纯依赖自然赋予的水资源，到能动地改造水资源，再到科学地利用水资源，取得了杰出的水治理领域的成绩。与此同时，盐城人的水文化作为一种生产文化，也经历了从"人定胜天"到"天人合一"的质变和提升。

戴老师是土生土长的盐城市大冈镇人，读他的诗歌，可以清晰地感知几代盐城人治水的变革和历程。

20世纪60年代，戴老师与同窗知青上山下乡，与当地农民联起手来建造大坝，开河治水；进入21世纪，他的学生杨中春带领一群盐城人通过承接市政工程，涉足污水治理领域；近几年来，在杨中春的运筹帷幄下，京久安携手碧水源，引入膜工艺，将污水资源化，让废水真正地变废为宝，走进人们的生活。可以说，水作为生命的依托，与戴老师等几代盐城人形成了一种不解之缘。不过，要论缘起，还要说到一个人——国内知名水务环保公司碧水源创始人文剑平。

《碧水丹心》中，戴老师曾以碧水为题，专门描述了他对水的印象：

水，生命之源；水，生命的象征。碧水，淙淙汩汩凝力量，水滴石穿；碧水，生生息息哺大地，人杰地灵。

这大概也是诗集名字的由来。但是，自然无情，现实严酷，由于过度开发，国内多地污水浊浊，好山河缺滋补。此时，以文剑平为代表的一批有先见之明的知识分子顺势而起，安营京华，专治污水，造福一方。文剑平创办碧水源科技股份有限公司，汇聚了一群水治理行业的各路精英，杨中春就是其中之一。

杨中春是有着新一代治水理念的盐城人，也是戴老师投身水治理行业的领路人。

1995年，杨中春21岁，从武汉测绘科技大学毕业，分配在原北京市政系统工作。1998年，杨中春下海，2005年成立京久安。最近几年，京久安转型市政水务等环保工程，其母公司为上市公司碧水源。杨中春是京久安总经理，兼任碧水源副总经理。

在碧水源的指引下，京久安专注污水治理，全面涵盖水务，凭借技术优势，提供覆盖膜投资、设计、集成、安装及运营管理的端到端解决方案，承建了北京高碑店污水处理厂、河西再生水厂、北小河污水处理厂、清河再生水厂、吴家村再生水厂、怀柔再生水厂等土建和设备安装工程，所建水厂遍布全国，受到业内称赞，现已成长为北京市乃至全国大型污水资源化工程建设的中坚力量。

创业维艰。早在公司成立前一年，杨中春邀请戴老师夫妇双双赴京，辅佐他创业。所以，戴老师既是京久安的开朝元老，也是京久安发展的建设者和亲历者。

年过六旬再发狂，碧水人生搏骇浪。泛蓝建汉事业成，心想他人天地广。

入职京久安十二年间，戴老师以事业为盐，虽苦犹甜，不求名利，只图奉献。在他的诗集中，详细描述了那段创业经历："抛家弃业来京时，先建规章再完制。还劝兄长帮弟弟，助子成功遂愿志。一年有余薪未取，困难复杂全不惧。建制贯标抓安全，画册规程费心血。寒暑日昼督阵忙，现场体验心欢畅。规范有序加谨慎，科学创新立篇章。安全检查颇紧张，工程项项细且详。拟文落实放样子，工作连年都上榜。"

文字工作无小事，一字一句总关情。

在企业里，办公室处于承上启下、事关全局的地位，在日常工作中具有举足轻重的作用，全局各项决策部署能否得到贯彻落实，企业工作是否运转有序，很大程度上取决于行政工作的扎实与否。

京久安未设专门的宣传机构，党务和宣传工作都是靠办公室来承担，办公室人员少、任务重，没有专职从事宣传工作的人员。面对这些实际问题，戴老师在做好行政工作的同时，又责无旁贷地担当起党务和宣传工作的重任，一干就是十二年。

建制规章规程，撰写材料文书，规范拉管流程，建立公司党组织……尤其是在公司制度与文化建设上，戴老师功不可没。

京久安在起步阶段，只是一家承揽市政工程的建筑企业，企业员工以农民工和短期工为主。整体而言，员工的知识水平低，流动性大，除了与杨中春一同打拼天下的那批核心员工外，很多员工对企业的忠诚度不高。在企业实施项目制管理的那段时期，常常是一个工程结束，一批人就走了，待有了新项目，一批新的面孔又被招进公司。自从向环保领域转型，京久安在业内有了很高的知名度，并且在京城站稳脚跟，越来越多的人开始认识到京久安是一个潜力股，杨中春是一位值得信赖的企业家，之后，京久安的队伍不断壮大，发展到今天已有几百人的规模，而且随着京久安在全国各地公私合营（PPP）污水治理项目的实施，这个数字还在不断的增加。

在这期间，为了让一群"草莽英雄"转变成为一支"王牌正规军"，杨中春没少费心思，他经常在高层会议上强调企业制度和文化激励的重要性，并且不惜花大价钱聘请企业顾问，为员工提供丰富多样的培训内容。但是，平心而论，一个企业的领导者不管有多高的领悟力、多深的影响力，要将他的思想和指示落实到最基层，都离不开一批执行者和演绎者的努力。而戴老师就是其中一位重要的执行者和演绎者。

万事讲求格调。

我与杨中春总经理有过两次接触，他善于用朴素、通俗和简洁的语言来反映他那深邃而又富于远见的思想和智慧。不尚空谈，不搞形式主义，对于一位企业领导者来说是非常有必要的，这是他的性格魅力之所在。但是，落实到企业形象宣传上，落实到企业文化激励上，就需要有更富于煽动性和影响力的话语来鼓舞士气，让更多的人去感悟水治理事业之崇高。而那些生动的话语，必定是由一个"妙笔生花"的人所创造出来的。戴老师就是那位才华横溢、笔法高超、能够写出动人文章的人。

更进一步而言，作为一名创新型公司的宣传工作者，除了有好的文风和文采之外，还要有高瞻远瞩的胸襟，以及对全局意识的把控力。在此，我不得不承认，已过花甲之年的戴老师是一位极其出色的宣传工作者，即使是在人才济济的首都，他的才华还是让很多同业者难以望其项背。

悠悠长河，久远浩浩画卷；英雄指点，给人以启迪。巍巍高山，安飞莽莽闲庭；好汉争先，给人以力量。久安，万众期盼；久安，时代追求。

在这首《久安之歌》中，戴老师只用了寥寥数十字，便生动地演绎出企业蓬勃向上的发展势态。而在下面的两首诗中，戴老师以自身经历为视角，强调了团队文化建设的重要性。

老夫亦发少年狂，一诺千金不更张；笑谈范增空悲切，泛蓝团队第一桩。跨越发展明方向，铸造精品拓市场；彩虹总在风雨后，磁心永保久安上。

舵手把正船航向，冲锋陷阵有良将。众人划桨舟自快，劈风斩浪快速上。征程高唱正气歌，企业文化不能丢。铸造灵魂为根本，步调一致创一流。

以下是针对2012年北京"7·21特大暴雨"期间，京久安员工勇救200余人的事件描述：

"炸雷暴雨袭京城，南岗洼段皆淹沉，中春闻讯下令救，爱心托起生命绳。""何惧天黑流急深，党员骨干冲头阵，被困群众二百多，泣喜感恩获重生。""习李改革东风劲，久安发展逢良辰，污泥浊水废变宝，福泽华夏尽责任。""时代呼唤精气神，工作尤需实和紧，共建碧水蓝天下，同舟扬帆新航程。"

为了让读者知晓事件的来龙去脉，戴老师还附上白话《暴雨过后显彩虹，尽好责任方英雄》一文，个中细节真的可以用动人心魄、摄人心扉来形容。

"久安强"是戴老师的梦想。在《碧水丹心》中，有多处提到了这一梦想。

久安清河起步，大兴科园道广。碧水海绵指航，中春率众前闯。叱咤风云雷电，携手再创辉煌。歌罢大江挥毫狂，捧杯登台绘华章，同建蓝天碧水流，共筑盛世久安强。

以上诗句，既体现出京久安事业不断壮大后的成绩，又抒发了作者的心声：传播公司文化、弘扬生态文明，不断增强公众对水生态的保护意识，让绿色生态和环保的理念逐渐成为全社会共识。在京久安的环保实践指引下，人人都来共建碧水蓝天，让我们的祖国平安富强。

不得不说，任何情节一经戴老师笔端，都被演绎成为企业文化的靓丽的"名片"。也正是通过这一张张"名片"，彰显出京久安的创新格调和治水情怀。

当下，戴老师创作的《碧水丹心》即将付梓印刷，希望戴老师在今后的日子里，能够为我们带来更多的畅人心怀的诗作，祝愿京久安越来越强！

2016年7月

（本文作者系《中关村》杂志编辑部主任）

序三 丹心育英才，碧水润久安

——读《碧水丹心》有感

许　峰

为《碧水丹心》这部诗文集写序，首先感到惶恐，因为在下是作者戴桂林老师的学生和晚辈，无论思想境界还是表达能力，都与老师相差甚远，恐言辞不当，辱没师门。同时又感到自豪，这是老师对我的信任，是一次难得的挑战自己的机会，如能取得一点进步，老师定会感到欣慰。想罢，勇气徒生，心念虔诚，累字为序。如无章法，望各位读者见谅。

初次有幸与戴老师认识是在2009年的冬天，那个时候久安集团总部还在清河，在寒冷冬雪中，一个老人和年轻人一起参加军训，充满朝气，声音洪亮，走路快捷，动作一丝不苟，给人一种干练的感觉，那时候，在我的最初印象中，戴老师是一个正直，充满热情的人。

2004年，在久安公司的创业阶段，戴老师与所有的久安元老一起，克服了重重困难，见证了公司三年上一个台阶的传奇，如今，久安集团从一个传统的市政工程企业跨界成为与碧水源联袂精进的环保领军企业。是一种什么样的力量让戴老师能够在年过六旬之后依然保持这样的激情和活力？一个公司怎样才能够从小到大，由弱变强？一个人的精神和其人生的成就究竟是怎样的关联？或许，《碧水丹心》会给我们一个又一个的答案。

曾经与朋友聊天，被问及作为一名优秀教师最重要的品德是什么，这个问题答案想必仁者见仁，智者见智，自己当时也是有点不知如何回答。直到有一次，听到久安集团创始人杨中春先生的母亲给我讲的一段往事，才让我恍然大悟……戴老师曾经是杨总的高中班主任，班上只有两个纯农民家的孩子，其中包括杨总，家境贫寒，没有任何的背景。在校期间，戴老师对班上所有同学都是一视同仁，兢兢业业，在高三，戴老师顶着重重压力力荐杨总成为唯一一个盐城大冈中学省级三好学生。杨总母亲说，当时，家里条件特别艰苦，但是小孩懂事早，读书比较用功，从小养成了好的品德，如拾金不昧，喜做好事，杨总小时候做了很多善事，这真的要感谢培养他的戴老师，一个小孩跟什么样的老师很重要啊。杨妈妈读书不多，言辞朴素却句句真言，我听后特别感动，是的，一个学生在小时候在什么样的家庭环境，什么样的教育环境，对他未来的成长及人生成就起决定性作用。

在我看来，一个优秀的教师，应该具备的最重要的品德就是爱心，其组成要素还包括公平、负责、无私等，戴老师所培养的社会精英除了杨总，还有很多很多，在正文中大家可以看到。我想，作为一名教师，没有什么比看到自己的弟子能够自强不息，大有作为更加幸福的。热血洒春秋，桃李满天下，戴老师作为一名教师是光荣而自豪的。

平常有空与戴老师交流最多的莫过于人的思想方式、价值观、为人处世的哲学，我真的收益良多。许多价值观念的东西并非书本上所传颂的理念，更多的是作为一个鲜活的个体在生命的运动轨迹中所彰显的生机、反思及力量，如一个一个的故事串联、并联着，在生命的长河中连绵跳跃。

在文革下放时期的苦难，先生用笑话的方式表达，这显现了先生心胸豁达；有任何心得想法即使半夜醒来也要用笔记下，这体现了老师为人严谨认真；在每有心得便诗词文章表达分享，这是老师才气与开放心态的表现。

与老师的交流，无论面对面交流，还是拜读其诗歌散文，感受的都是一种坚定的信念和满满的正能量，寄情山水，跨越时空，上善若水，厚德载物。

《碧水丹心》，其书名点画出戴老师对环保事业与教育事业的拳拳之心，作为一名教师，能够在企业的管理、技术方面做出创新思考，跨界践行，其精神及行动值得所有晚辈学习，青春不是年华，不是丹唇，柔膝，而是坚强的意志，这句话，在戴老师身上可以鲜明印证。

《碧水丹心》之教育情怀，表达了先生在教师生涯的执着情怀，我想，作为先生的学生是幸运的，真正做到传道、授业、解惑，先生当之无愧，教育是民族的大业，先生将育人高于教书的理念更加符合民族兴旺之大道，作为企业管理者，从某种意义上讲也是一名教师、教练，其胸怀与格局，我辈当努力学习。

《碧水丹心》之久安为家，表达了先生对久安集团公司的真挚情感及做一行爱一行的专注精神，放下转化为提升，谦卑造就成卓越。企业的经历，对老师而言，可谓是凤凰涅槃，浴火重生。这是有价值的人生，在安逸中寻求挑战，在挑战中寻求快乐。正如一位诗人所言，敢于面对苦难和挫折的人是勇者，敢于在苦难与挫折中寻求快乐的是智者。人生短短数十载，我们应该怎样的工作和生活？戴老师用他的笔墨和行动带给我们无尽的思考和启发。我想，老师是一个智者，更是人生的赢家。

《碧水丹心》之生活浪花，表达了先生对生活的热爱和展示了这个可爱的老人多才多艺的人生，碧水青山当日照，丹心豪情对月吟，从容自有真情在，无私无畏天地宽。先生一直谆谆教导员工，对生活充满激情是工作的动力源泉，工作时全心投入，生活休闲时尽情享受山水的美丽、自然的恩赐，如是，则是真正的生活品质。对此，真心认同。

夫天地之间，虚实变幻，真信者寥寥，人的价值发现无不受地位、财富等表象之光环所蒙蔽，故众人多陷于迷茫困惑间，无法自拔。先生文章，朴实自然，如甘露沁人心脾，最重要的价值莫过于在文字间所透露的精气神、"先天下之忧而忧，后天下之乐而乐"的情怀及彰显的人生真谛。老师一生育人，无论在学校，还是在企业，都以高度负责的精神谱写了人生壮丽的篇章，丹心育英才，碧水润久安，对社会的贡献非吾之苍白言辞所表。谨此致敬！

戴老师曾说：我们无法绕过岁月，但却可以给岁月持续注入好奇和发现，不断努力，从而让自己的人生无怨无悔。我为拥有戴老师这样好的导师感到自豪。戴老师是青春永驻的，因为他老人家的心永远是年轻的；戴老师也是健康快乐的，因为他每天，无论风雨雷电还是骄阳似火，坚持一万多步的锻炼。扬帆起航正当下，人生自信三百年。

感谢戴老师的《碧水丹心》，给我们这个世界带来福音、希望和正能量。

2016年7月

（本文作者系深圳中旭教育集团金牌教练员、久安建设投资集团有限公司行政副总经理、投资总监）

目 录

生活浪花 / 129

教育情怀

渔家傲

——春回大冈中学

卧龙桥边春笋旺，

冈沟河畔星光闪。

学子弄潮迎险浪。

扬四海，

节前捧回金质奖。

信步沿溪寻旧桩，

当年院士挑灯亮。

今日师生携手上。

趋不停，

风骚独领谁与抢？

2016年2月9日

注：

"卧龙桥"：传说宋太祖赵匡胤千里送京娘曾经过此处，留下许多佳话，世人皆将此处喻为真龙宝地，大冈中学就位于该桥旁边。

"学子弄潮"指大冈中学历届毕业生走上社会后都成了各条战线改革的弄潮儿，如北京大学郭宗明教授、南京大学陈如松教授、中科院程祝宽教授……他们在各自的科研领域都取得了在国内乃至世界上都有影响的成果。"险浪"即艰险和风浪。

"节前捧回金质奖"是指元旦前杨中春刚捧回"2015年北京十大最具影响力企业家"的奖杯，仅时隔两个星期刘卫国又登上国家最高领奖台，从国家最高领导人手中接过国家科技进步一等奖荣誉证书……

"旧桩"是指20多年前学校食堂码头伸向河心的老桩，这看来也是学校仅留下的旧迹，它虽无言但却见证了大冈中学60年来沿革的艰苦岁月和辉煌历史，吃苦磨炼永远是人生不可多得的财富。

"院士"是指郭仁宗院士现任国际欧亚科学院院士和中国工程院院士，"挑灯亮"是指那时上晚自习时全靠汽油灯、煤油灯、点蜡烛照明，泛指客观条件很差，确实无法与其他老"完中"比，但学校环境优雅，校风好、学风浓的优良传统远近闻名。教书育人是一门科学，是一项关乎民族崛起基础性的伟大的工程。大量事实证明：大冈中学取得的教育教学成果之多，对社会的实际贡献之大，非一般重点中学能与之相比。

"风骚独领"是指像大冈中学毕业的同学们走上社会后很多人都独当一面，真正成为祖国的栋梁之才。无论在承担社会责任、建设精神文明方面（如87届同学们闻讯有个同学身体有恙纷纷主动伸出援助之手，还对一个失去父爱的小孩及时送去温暖，给予大力资助；93届杨中春同学在2012年7月21日北京特大暴雨中组织指挥175名他的公司下属项目部员工〈含农民工〉救出了204名受困群众，2015年底93届同学集体总动员，两天众筹40万元，使一名手臂碾压严重受伤的幼童及时得到救治……大中学子用自己的行动谱写了一曲曲新时代大爱无疆的壮丽赞歌），还是在双创热潮中，尤其是科技创新方面的骄人业绩，可以说是群星璀璨、硕果累累、世人赞叹，在全区、全市范围内其他中学中不知有没有？

附：颜小品总评点

欣赏到恩师的佳作，感觉又回到学生时代。经历几十年风雨，恩师风采、文采不减当年，令弟子十分钦佩！诗如其人，我们在欣赏诗歌的同时，更要学习恩师的生活态度！真希望常读恩师的诗作，做恩师一样的人！祝恩师身体健康，永远年轻，佳作迭出！代问师母、冬雷全家好！

天空任鸟飞

——贺卫国荣获2015年国家科技进步一等奖

艳阳高照东风吹，
卫国登台捧奖杯。
巨手紧握笑相视，
牢记使命担在肩。

三十余载怀梦追，
一心攻关步不停。
坎坷艰险脚下踩，
海阔天空任鸟飞。

2016年1月12日

注：

中春元旦前刚刚获得"北京十大最具影响力企业家"的殊荣，卫国元旦后又登上国家最高领奖台捧回2015年国家科技进步一等奖的奖杯，两个师兄弟在不同领域相隔十多天先后获奖，作为当年班主任老师的我实在难掩兴奋之情，激动之余草述几句，衷心祝福卫国、中春及诸位爱生：猴年再向前，创新大发展，为国又为家，永远作奉献！

附：刘传斌总评点

> 不计辛勤一砚寒，
>
> 桃熟流丹，
>
> 李熟枝残，
>
> 种花容易树人难。
>
> 盐城戴老不一般，
>
> 诗满人间，
>
> 画满人间，
>
> 英才济济笑开颜。

院士出大冈

（一）

工程院士出大冈，
卧龙桥下水欢畅。
太祖京娘传佳话，
北大清华成批上。

（二）

教育坚实民族旺，
关注心灵永健康。
精英大众皆有获，
重视个性好舒张。

（三）

文脉传承需源长，
苗圃岂图花衣裳？
资源配置应合理，
人才培养第一桩。

（四）

冈沟河畔宝地方，
学子四海美名扬。
抱瓮灌园树参天，
母校再飞金凤凰。

2015年9月10日

注：

工程院院士郭仁宗出生在盐都区大冈镇野陆村，毕业于盐城市大冈中学，到目前为止，是盐城籍唯一一位国际欧亚科学院院士和中国工程院院士。

"太祖"是指宋太祖赵匡胤，传说千里送京娘曾路过大冈，"卧龙桥"是他当年经过的桥，桥下是冈沟河，天子路过的地方喻为真龙宝地，经济繁荣，人才辈出。

精英大众教育，有感于大冈中学坚持因材施教，注重让所有学生都受益，这才叫真正负责，这才叫符合教育规律，为母校鼓掌，为母校加油！

文脉当传承，教育定繁盛。科学整合不是不可，但教育规律不可违背，文脉万万不可切断！校园要美，主要美在培养人才。对于精英和特色教育都搞得很出色的学校，有关方面应坚持务实为民，敢于讲实话、举实招、求实效！

"抱瓮灌园"这里喻指用敬业的态度，用赤诚的爱心，即使客观条件相对较差，只要按照教育规律培养人才，也能取得教育教学双丰收，关键是教育指导思想要正确，一定要有正确的人才观，两个作用要得到充分的尊重和体现。

卧龙再腾飞

——贺大冈中学创建四星级重点高中

春回神州换绿装,

冈沟河畔李桃芳。

精英四海传捷报,

院士唯一出大冈。

学子又摘金质奖,

担责服务铁肩扛。

向荣率众潮头立,

卧龙腾空揽月翔。

2016年4月6日

注:

"四星级重点高中"为国家级重点高中。

"冈沟河"是南北方向横穿盐都区大冈镇的主要河流,是地方的母亲河。

"精英"是指奋斗在全国各条战线上的大冈中学校友,他们双创建奇功,频频传捷报,其中如博士生导师程祝宽教授和博士生导师郭宗明教授等,他们分别在中科院、北京大学工作,都是享受国务院特殊津贴的专家,在各自的领域里都有许多重大发明创造,硕果累累,获奖无数。

"院士唯一"是指郭仁宗院士，出生在盐都区大冈镇野陆村，1972年毕业于盐城市大冈中学，2003年当选国际欧亚院院士、2013年当选中国工程院院士，为盐城籍首位院士，享受国务院特殊津贴。

"学子又摘金质奖"是指大冈中学校友刘卫国长期埋头科研，成果举世瞩目，曾荣获国家科技进步一等奖一次和部级进步成果奖多项，2016年初又登上国家最高领奖台，从国家最高领导人手中接过国家进步一等奖荣誉证书。

敢于担当，热心服务社会是大冈中学培养出来的学生的共同特点，如2012年7月21日北京突遭61年未遇的特大洪水，校友杨中春组织指挥久安公司河西项目部175名员工在黑夜急流中救起204名被洪水围困的群众，之后又主动引洪倒灌正在施工的工地，尽管自己的公司遭受了巨大损失，但保证了京港澳高速的畅通，且使周边地区免受涝灾。大爱无疆，舍小家保大家，此举感动了京城，感动了全国！

"卧龙"在这里有两层含义：一是指大冈中学旁边的卧龙桥，因宋太祖赵匡胤曾经过此桥而闻名，并留下许多美好传说，此处被世人看作是人杰地灵的真龙宝地；二是喻指紧挨该桥的大冈中学及所有在此校学习过、工作过的人，优美的自然环境和特殊的人文环境使大中人才辈出，如卧龙腾飞，不断迎来更加灿烂的明天。

来京路回望

蒙阴车祸众惊魂，
北返京回一转身。
科创久安楼跃上，
笔耕事业步坚跟。

学习磨砺鹰重振，
跨界提升人有神。
碧水源源滋野绿，
汗滴点点育山青。

注：

2016年7月5日是笔者赴京十二周年纪念日，十二年来我学习，面对全新的环境、全新的课题、全新的挑战，笔者坚持用开放、欣赏、包容的心态去学习、充实和提高，知识使人年轻，服务更显情真。久安公司一步步壮大了，本人头发则一天天花白了。十二年来我感恩，感恩中春、黄瑛夫妇提供的平台，使我全程参与了企业的创立、发展，与久安一同向前走，收获了成长和快乐；感恩各界朋友的关心和帮助，使我理念提升、视野扩大，收获了知识和友谊；感恩家人，尤其是张洁同志的理解和支持，关键时刻总是她陪伴在我身边，收获了甜蜜和力量；感恩自己有一颗真诚待人、锐意上进的心，深知责任，敢于担当，收获了信任和修炼。十二年来我骄傲，中春白手起家，历经坎坷，现已成为北京十大最具影响力企业家，还曾荣登中央宣传部和中央文明办主办的中国好人榜……作为当年的班主任老师，我由衷地感到骄傲和自豪，这也是所有老师和校友们的骄傲，是母校——大冈中学的骄傲，是家乡人民的骄傲！

事业需要奋斗，奉献体现价值。十二年对人生来说是一个轮回即一转，我始终不忘自己是一名大中人，同时又是一名久安人。坚持践行自己的诺言，乐耕泽他人，碧水润心田！回望来京路，心中尽感慨，故写几句以示纪念。

"蒙阴车祸"是指2004年8月25日下午7时，由北京回盐城的路上，在山东省蒙阴县路段，车轮突然爆胎，车子差点儿翻下山沟，也就是说差一点划上句号，从此改变了笔者后面人生的路程。真是命运多变幻，唯有情义长。

在久安什么行政、党务、工会、贯标、安全、分公司等岗位都待过，还兼任海淀区东升乡社工委副书记……挑战无极限，突破尝甜头，实践正好为笔者提供了丰富的创作素材，故笔耕的内容比较杂，主要是草拟制度、总结典型、探索技术、习作诗文等。其中总结典型方面花费时间比较多，但从国、市、区、园四个层面还都有所收获，尚有一点安慰。探索技术方面，主要是水平定向钻铺管技术，笔者沉在工地两年多，向一切懂行的人们学习求教，居然总结出适合北京地质条件的一些拉管规律，在圈内得到了充分肯定。习作诗文方面，主要是自我小结，称之为"诗"，本人亦不敢认可。这些文字与其他形式的材料统合起来，比较靠谱的说法都应该是工作、生活和思想等方面全方位的汇报。中国历来是一个诗的国度，诗词是我们中华民族传统文化中永不凋谢的鲜花。但近百年来一直存在激烈的争论，甚至让人有点眼花缭乱，胡适先生说"语言自然，用字和谐，诗句无韵也不要紧"，甚至作诗要"不拘格律、不拘平仄、不拘长短"，他的主张代表新文化的一种趋向。章太炎则认为，是否押韵是区分诗与文的标准，"有韵谓之诗，无韵谓之文"。这场争论至今没有完全结束，笔者赞成中华诗词学会提出的"倡今知古，双轨并行"的主张，这充分体现了与时俱进的理念，既要"求正"，又要"容变"。笔者不会妄自评判大师们的正误优劣，也不会参与这些大师们未竟话题的探讨，因为从社会的发展及趋势来看，诗作的多形式必将进一步兼容发展，大放异彩。大师们对形式主张有异，但对"诗言志""抒真情"，形式总是服务于内容的传统原则却高度一致。笔者喜欢求真务实，只想用自己合适的方法抒发心中的感受，偶有闲情，眼前一亮，即写几行，随心流出，力求宣传拓展正能量，社会责任共担当。间或发至朋友圈，仅作为自己的一点心得感悟，与大家分享。

附：著名作家、北京电视台王春元主任记者评点

用心之中、用情之深、寓理于义、寓教于行皆为我等楷模！必须赞！

许峰总评点

一个人的价值就是给这个世界带来的价值和利他的程度，可以是物质的，也可以是精神的。戴老师用实际的言行为年轻人树立榜样，为其阳光心态和奉献精神点赞，感谢戴老师给久安团队带来的正能量！时光荏苒，笔墨激扬，心怀天地，久颂真情。

易虎总评点

戴师有海纳百川的胸怀。

观于海者难为水，

聆在师门不敢言。

虎啸山川威百兽，

松披雪雨阅千年。

卞建荣老师评点

唯有佩服，老骥伏枥志在千里，见风华；

只能仰视，恩师妙手赤子情怀，写真意。

母校晨曦

（一）

晨曦初露运动场，
新生军训歌嘹亮。
绿坪欲滴皆向荣，
喜迎红日升东方。

（二）

青年三两倚亭旁，
捧书放声诵华章。
塑胶跑道汇人流，
男女老少健身忙。

（三）

卧龙桥下好风光，
靴子河畔英才旺。
立德育人硕果累，
院士唯一出大冈。

（四）

尚贤蹑虹志飞扬，
高考又报跃金榜。
因材施教坚三全，
圆梦路上永续航。

2015年8月30日

附：刘传斌总评点

不计辛勤一砚寒，
种树容易树人难。
黑发秋霜织日月，
粉笔无言写春秋。

春播桃李三千圃，
秋来硕果满神州。
鹤发银丝映日月，
丹心热血沃新花。

泽后桥上

枝头鹊唱闹春浓，
学子徜徉泽后桥。
水映蓝天红鲫跃，
景行桃李绿含苞。

立德树人朝阳荣，
至善贤虹展客骄。
母校扬帆传创建，
冈沟河畔竞腾龙。

2016年2月6日

注：

盐城市大冈中学是个美丽的学校，校园中间有一条口型的小河，河上有六座桥，诗中所提到的"泽后桥"是中心校区的南北走向的一座桥，另外，"贤"为尚贤桥由93届高中毕业生自发捐资所建。"虹"为蹑虹桥，还有三座桥分别是至善桥、楼廊桥及通往教师宿舍楼的无名桥。"景行"是指景行亭，为92届高中毕业生自发捐资所建。"客"是指曾经和正在大冈中学工作、学习的老师和同学们。

炎夏清风

京都烈日烤蒸笼，
巴蜀腾江送爽风。
怎奈新评难脱手，
岂将故友忘心中？
巍巍好汉爬坡勇，
郁郁香山盼客红。
把盏和歌同育圃，
人生碧水勿求功。

2016年7月28日

注：
喜得鸿才七律《夏日高温》，暑气顿消，现步赠诗原韵溜几句，谢谢老友和同学们的关心，顺祝夏安！

附：史鸿才主任赠诗

夏日高温，寄京都戴兄桂林

火烤笼蒸七月中，
应知你我两相同。
宅居虽有三分爽，
外出全无半点风。
蜀水高温鱼已贵，

香山烈日叶难红。

若能四季随人愿，

先给吾兄寄个冬。

史鸿才主任回评

点绛唇·喜读戴兄桂林佳作感怀

午醉初醒，开屏急急查微信。恰如冰棍，直把心儿润。蜀水燕山，今日何其近。君莫问、几多离恨，化作诗同韵。

游龙湾屯

涧流碧水映蓝空，

绿野青山挂果红。

曲径攀岩同跨越，

人梯拽手竞登峰。

茫茫路向追一梦，

漫漫薪传兴万荣。

寥廓雄鹰翔展翅，

金阳朗笑洒谷中。

2016年8月28日

注：

舞彩浅山在北京市顺义区东北部，是燕山余脉，师生同游的是龙湾屯段，同游者中有教授、博士生导师、将军、企业家……还有爱生的孩子——正在国外留学的高材生。长江后浪推前浪，一代更比一代强，面对此情此景，30多年前的一幕幕如在昨天，不觉眼框尽湿，禁不住由心涌出几句，以表此刻的兴奋之情。

小聚禾蓉居

（一）

昨赴龙湾屯，
将军握手紧。
今来禾蓉居，
阳光风清清。

（三）

祝宽陪谈心，
庆华忙烧炖。
小小专钓鱼，
伴随细客人。

（二）

置身神仙境，
顿觉浑身轻。
一铭高声喊，
山谷频回应。

（四）

相约好温馨，
见面更觉亲。
秀峰绵无限，
不尽师生情！

2014年12月14日

注：

　　程"祝宽"名为程祝宽、"宗明"名为郭宗明，他们皆为博导、教授，分别在中科院、北大工作，其夫人也都是高级知识分子。"小小"为程祝宽、赵庆华之女，正准备出国攻读研究生。"细客人"这里专指笔者四岁的孙子。

附：刘传斌总评点

仙境绕身边，

好友聚中间，

天上活神仙，

亦把戴老羡。

菩萨蛮（金陵）

大江雨过涛花溅，
高山阳艳娇姿现。
小品鹞飞翔，
如松峰溢香。

秦淮丝竹悠，
五马风光秀。
回首景奇青，
金陵连北京。

2016年5月3日

注：

"菩萨蛮"词牌名。

南京为六朝古都，古称"金陵"，本次全家赴南京既看到了奇异的美景：巍巍青翠的高山、茫茫奔腾的长江、风韵十足的十里秦淮，更重要的是见到了在宁的部分爱生：陈如松、颜小品、许宗和、陈相林、王文前、杨汉秋和蔡兆翠夫妇等，其中有个别学生已有33年未曾见过面。词中"小品"是指颜小品，现为江苏汇鸿国际集团食品进出口公司副总经理、高级国际商务师，多次被授予江苏汇鸿国际集团业务明星称号，"如松"是指陈如松教授，是1983年在大冈中学考上清华大学的高材生，毕业后一直在南京大学工作，曾先后担任过南京大学物理系、学生处、教育学院等领导工作。

词中所写的是眼前自然景观，又由物及人，"鹞"在北方为鹰，在南方则称为鹞，这里指雄鹰振翅于辽阔天空。

"五马"指长江边上的五马台，沿江风光带秀丽壮观，五马台、燕子矶都是风光带上依山傍水、大气磅礴的景点。

"景奇青"既是指雨后群山青翠欲滴，更是指眼前的爱生及所有的同学们，青出于蓝而胜于蓝，青蓝聚在一起，这才是人间最亮丽、最迷人的景色。

附：颜小品总评点

教诲如春风，

师恩似海深，

桃李满天下，

春晖遍四方！

王爱红总评点

虚怀若谷我恩师，

桃李芬芳布满州。

青翠欲滴出于蓝，

厚德载物共奏章。

祥龙翱游

——贺万扣晋升为语文特级教师

靴河夏雨奔冈沟，
母校祥龙任性游。
词赋吹弹桃李旺，
听说读写碧空悠。

庆生曲曲回香酒，
育圃年年荡气歌。
课改求源扬四海，
梦圆树人度春秋。

2016年7月11日

注：

"庆生"一句是回忆15年前市教研室在射阳组织的一次高三年级语文备课组的教研活动，当时杨万扣带领盐都区的教师参加，晚上聚餐时，杨万扣举杯祝老师生日快乐，并放声高歌，全场沸腾，皆赞杨万扣浓浓的尊师情，也让笔者颇感惊喜，终生难忘。

雾霾山村行

——献给贤婿仇正胜同志

（一）

雾霾笼罩天阴沉，
婿儿周日奔乡村。
山旮僻径踏遍查，
岂容违建乱象生？

（二）

脱下戎装不褪色，
倾情服务乐助人。
执法信访国土所，
清扫洗抹整环境。

（三）

立章明志沉基层，
破网提效焕貌新。
入户协调带干粮，
缠访老脸亦叹诚。

（四）

巨轮扬帆乘风劲，
担当克难追梦成。
寸心拳拳图报国，
小草青青迎盛春。

2016年1月16日

注：

"奔乡村"两句是指时值雾霾红色预警期间，又逢周日，人都注意减少户外活动了，可始终把工作挂在心上的婿儿还自觉坚持往山村奔，此情此景谁不感动？作为家中老人心中多有不舍，但更多的是理解和支持。联想到平时的日日夜夜，遂写下了以上几行文字略表长者的一点敬意。

"不褪色"一句是指正胜转业前在部队曾任副团长，作为一个普通农民的孩子，学生时代为人诚实，学习扎实，入伍后不断进取，攻读了两个硕士学位，36岁任副团职，退伍转业后能否调适好心态胜任地方工作？实践做了最好的回答，正胜仍然保持了昔日在部队的好传统好作风：勤学习、敢担当、知感恩、乐助人……尽显诚信，人皆开心。

"整环境"是指先后在多个岗位磨炼，勤奋努力，迅速成长。坚持身体力行亲自动手，不但改变了客观环境，而且也大大改善了人文环境，取得了令人欣慰的进步，如在负责基层国土所期间，集体年年评为先进单位，个人评为优秀党员；两次代表分局就基层国土资源管理与科技创新提高效率在全市有关专门会议上作了专题典型发言；《绿色国土》用头版整版篇幅曾作过专题报道；撰写的论文《夯实根基提高执法效率依法治理违法占地顽疾》选入国土资源部人力资源开发中心主编的《2015年市县、乡镇管理干部培训学员优秀论文选编》，2014年年度考核在北京市59个基层国土所中名列第一。

天道酬根

回盐城，心沸腾，忆往昔，情谊真。诸爱生，何其诚？千里归，不计程。事业顺，家温馨，枝叶茂，本助成。叹大义，天酬根，知心话，献亲人：

（一）

昨天群中忆，
今朝聚一起。
不尽师生情，
笑谈赞根子。

（二）

事业展双翅，
内有良母妻。
英雄代代出，
儿女全成器。

（三）

春风常得意，
叶茂充生机。
树高万千丈，
源于深根系。

（四）

栋梁皆有志，
32年景永记。
愿化泥护苗，
世叹唯大义。

2015年6月6日

一铭披绶带

一铭披绶带，
笑迎幼儿来。
礼仪小标兵，
光照更神彩。

双语真实在，
老师充满爱。
满园花鲜艳，
环境育栋材。

2015年9月17日

注：

"一铭"是笔者的孙子，现为裕龙双语艺术幼儿园中班小朋友。

奶海远航

——参加美吉姆2014童训营所想到的

　　笔者曾任江苏一省级重点高中教导主任、教务主任，长期负责教育教学工作，身入其中，童心再现。反思过去，目击现今，亦喜亦忧，感慨无限：百年树人，教育为本；少年强则中国强，教育健康则中华复兴大有希望。

（一）

碧水青山洒阳光，
夏令营里童谣响。
拍手群欢鲜花开，
长城脚下笑声扬。

（二）

先游野生动物园，
幼童看到真模样。
狮子老虎小猴子，
水中棕熊懒洋洋。

（三）

现代公社新农庄，
安营清园醉人香。
绿色鲜果随客采，
自由烧烤玉米棒。

（四）

搭建帐蓬水库旁，
大人支架合家忙。
小童抱垫往里塞，
忽飘雨点送凉爽。

（五）

模拟垂钓似战场，
又钓又捞争先慌。
一铭捕获二十八，
荣登榜首尽是乐。

（六）

海行龙舟在远航，
两岸美景尽眺望。
仓内串珠巧折纸，
放飞小船寄理想。

（七）

少年立志应自强，
兴趣广泛体格壮。
天井怎跑千里马？
还需自然大课程。

（八）

创新思维宜提倡，
德智体美劳立章。
轮窑烧砖一种坯，
笼中小鸟欲飞翔。

（九）

民族复兴国运旺，
人才辈出是希望。
过多封闭在室内，
豆芽岂能重担当？

（十）

可喜重教成风尚，
各类小班显乱象。
东奔西赶忙补课，
扼杀天性人惆怅。

（十一）

习李新政国力上，
内治贪官外御狼。
圆梦中华靠实干，
育好苗圃第一桩。

（十二）

科学选拔明导向，
守则细化便操作。
劝君莫做揠苗人，
循序渐进促成长。

2014年8月4日

小小白杨

——裕龙双语艺术幼儿园庆六·一文艺汇演祖孙同台演唱剪影

一铭穿上绿军装，
拽着姥爷舞台上。
转身立正先鞠躬，
纵情合唱小白杨。

双手持枪注远方，
童声高亢气宇昂。
鲜花满场随律动，
幼苗茁壮在成长。

2015年5月31日

附：张平顺部长评点

一铭台上展戎装，
桂林牵手把歌放，
爷孙共渡六一节，
欢声笑语喜洋洋。

片片绿叶闪银光，
映出牡丹俏模样，
白杨白杨根壮实，
伴着日月长长长。

阳光梦田

——献给裕龙双语艺术幼儿园小四班及全园教职员工们

（一）

裕龙双语遍阳光，
园长主任亲迎往。
微笑温柔致问候，
春风拂面暖心房。

（二）

"老师您好"鞠躬状，
众皆弯腰回谢忙。
国晶恰似大姐姐，
艳琴丽华赛奶娘。

（三）

放下书包脱外装，
口念要诀叠衣裳。
入室东西抢帮拿，
嘻闹追逐神采扬。

（四）

蹦跳涌向南沿墙，
亲栽盆景竞芬芳。
细撒慢喷浇花水，
闪动双眸盼快长。

（五）

学师模仿灰太狼，
提醒小羊勿上当。
"家长电话谁记得？"
一铭如数回答响。

（六）

撕纸剪贴绘图像，
自题名字供欣赏。
玩具鲜果和图片，
托盘依次尽分享。

教育情怀

（七）

操场沸腾歌荡漾，
师生共舞同欢唱。
汉语英文夹其中，
间或飞出小白杨。

（八）

一拱一爬毛虫上，
找友化蝶欲结双。
十米折跑争向前，
平衡木上练稳当。

（九）

吃喝拉撒牵肚肠，
四餐配制讲营养。
跟随守候擦屁股，
洗身换裤护安康。

（十）

画片蓝天寄梦想，
拥抱自然苗更壮。
阳光梦田育雏鹰，
时代召唤齐翱翔。

2015年4月1日

稚园半日

蓝天梦田彩旗飘，
中四班级笑带娇。
迷藏找云驱黑夜，
春游歌响击拍叫。

师生群跳阳光照，
蜂拥争先扔远包。
玩味育苗梁李易，
尽展天性皆腾蛟。

2016年4月15日

注：

"梦田"是指树立理想帆起航的地方，这里专指裕龙双语幼儿园。本诗献给裕龙双语幼儿园的所有教职员工。

"梁""李""易"分别指中四班的梁艳琴、李国晶、易丽华三位老师。

低碳贝贝

高空湛湛飘云彩，
低碳清清登舞台。
昔日雾霾爷累泣，
今朝阳艳地开怀。

多花栽木青山在，
少废节能碧水来。
描绘家园需共托，
建功生态尽英才。

2016年5月29日

注：

　　六一前夕，顺义区裕龙双语艺术幼儿园组织了一场内容丰富多彩的文艺汇演。其中《低碳贝贝》是中4班全体小朋友演出的音乐剧，可以说是诸多节目中的一朵奇葩，剧情主题是关爱地球、关注环保。诗中的"低碳"就是指低碳贝贝，"爷与地"均指地球爷爷。中4班的梁、李、易三位老师选择编排的音乐剧可谓独具匠心，除了表演出色形象逼真外，内容针对性很强，很有时代气息，本人观后很有感触，遂写下几行，望所有人都要增强环保意识，从我做起，从小事做起，从现在做起，保护生态环境，共建美好家园。

地坛大舞台

幼儿武术赛地坛，
九省精英身手展。
立掌马步跳转前，
一铭亮相大舞台。
裕龙荣登金榜单，
艳琴诸师俯首带。
个性张扬育壮苗，
人生价值在出彩。

2016年5月14日

注：

"一铭"为笔者孙子，裕龙双语幼儿园中班小朋友，这次他个人主动报名参加了九省市（含北京市、香港特别行政区在内）的武术比赛，登上了地坛体育馆大舞台，幼儿舞姿美、心态美！真让人惊喜！裕龙双语幼儿园的领导和老师们开发早、效果好，更令人称赞！

"出彩"指小朋友们登台亮相了是出彩，将来在人生舞台有作为是出彩，但千万不要忘了幕后英雄——默默辛勤付出的园丁们，这也是她（他）最大的出彩！

浪淘沙

——赞93届全体同学及其他所有参与救助的人们

东海波涛狂，

潮头击浪。

宏侄救助众出手。

奉献之歌竞相唱，

何惧小恙？

大中爱生棒，

登台演讲。

携手克难举拳扬。

擎天树木遍神州，

尽书华章！

2016年1月21日

注：

近期93届同学喜讯频频：元旦前中春获得"北京十大最具影响力企业家"的殊荣，元旦后组织的众筹救助寿宏侄儿活动演奏了一曲爱的奉献的时代最强声……再加上你们的学长卫国捧回国家进步一等奖，让笔者一直沉浸在兴奋之中，尤其是这次组织众筹救助活动。同学们，你们演绎了人间最美的大爱：寿宏一声呼唤，同学们蜂起响应，孩子及时得到了救治……奉献是人类的最高境界！谢谢你们！笔者脑海中又浮现出93届同学20多年前的一幕幕：艰苦岁月我们共同面对，并肩战斗，不断成长；张洁老师也跟着走东奔西成天忙得不亦乐乎；同学们与小冬雷嘻戏打闹成一片；语文教改个人也作了一些有益的探索，如搞演讲、写周记、编画报等，从现在的观念看路子走对了，比较切合社会发展的实际需要。你们的践行充分证明你们太棒了！你们是奋斗在各条战线真正的双创弄潮儿！你们永远都是我的骄傲和自豪！本词笔者力求用最恰当的语言描绘赞颂93届全体同学和所有奉献爱心的其他届别的同学及朋友们，但笔者根本做不到，因为穷尽世上最好的语言也无法表达大家的心灵之美，也无法表达愚师此时的感激之情，现暂凑合几句略表个人对大家的敬意和心愿：恭祝寿宏侄儿早日康复！

人间彩虹

——再赞93届全体同学及所有参与救助的人们

雨后彩虹七彩光，

小禹疗治苗渐康。

两天众筹四十万，

人间大美真情藏。

九三爱生皆榜样，

立业报国圆梦想。

浩瀚东海书不尽，

郁郁葱葱皆栋梁。

2016年1月22日

注：

"小禹"今年六岁，不幸被机器碾压手臂，盐城医院没法处理，急需转到无锡第九人民医院治疗，手术住院费需要40万元，时间不容有半点拖延，可小禹的父亲王寿同是个残疾人，家境非常困难，情况十分紧急，怎么办？93届同学及广大网友闻讯而动，纷纷伸出援助之手，在短短两天内便筹足了资金，使小禹及时得到了有效救治。93届同学和广大网友用实实在在的行动演绎了一曲大爱无疆、真情奉献人间最美的时代赞歌。

展翅再翱翔

—— 三赞93届全体同学及所有参与救助的人们

大江南北瑞雪扬，
九三群中翻热浪。
走东闯西忙双创，
人生画卷唯美壮。

入校迎难攻坚上，
二十余载竞担当。
救援捐款助教育，
鹍鹏展翅再翱翔。

2016年1月23日

虾鲜人贤

——闻如松、小品、根子与小燕在宁偶遇有感

龙虾千里鲜，
款待王小燕。
根子好榜样，
如松小品贤。

两京一线牵，
诸生皆人杰。
孔圣叹莫及，
情谊传万年。

2015年6月16日

泽亚更强

　　闻如松的儿子已十八岁，且非常优秀，可喜可贺。陈如松原生于苏北农村，家境非常贫寒，但朴实、勤奋、志向远大，是中小学时代的优秀生，清华大学的高材生，现今先后任南京大学物理系、南大继续教育学院等负责人，如今孩子又上来了，且后生可畏，前程无限。此时此刻，当年的班主任，现今的好朋友，浮想联翩，激动不已。还有什么更值得笔者骄傲和自豪的呢？兴奋之余，现步如松诗原韵和上几句，顺颂如松及所有同学们全家幸福，一代更比一代强！

（一）

滚滚长江，
推波助浪。
泽亚生日，
河山欢唱。

（二）

如松好样，
从小志强。
考取清华，
轰动便仓。

（三）

南京大学，
工作上榜。
培养人才，
追求梦想。

（四）

育才有方，
儿子更棒。
奋发向前，
家齐国旺。

2015年3月13日

群星璀璨

　　羊年伊始，欣闻许多学生的孩子都已长大成才，还有不少子女深造留洋。更有甚者，82、83两届中永根、春泉、扣红等都抱上了孙子，心中像一股股暖流，作为一名教育工作者，人生最大快事，莫过于青蓝传承代代棒。当年的希望之星，如今的祖国栋梁，特别是学生们的后辈又上来了，长江后浪推前浪，一代更比一代强。此时此刻，如烟往事历历在目……愚师难掩激奋之情，心中的话脱口而出：衷心祝愿所有当年的爱生、现今的朋友们吃甘蔗登楼梯——节节甜，步步高！

（一）

春风阵阵暖心房，
喜闻爱生抱孙忙。
三十余年风雨路，
浮云退尽唯情长。

（二）

当年高考震四方，
北大清华题金榜。
桃李芬芳遍神州，
建功立业追梦想。

（三）

遗传发育任指向，
飞机研造大心脏。
最高学府培英才，
尖端武器保边疆。

（四）

老骥伏枥志飞扬，
奉献方显新形象。
知识决定人高度，
滴水闪光靠太阳。

2015年3月23日

温泉聚青蓝

——在盐与32年前学生开心相聚回眸

（一）

回乡两天整，
竟没进家门。
青蓝聚温泉，
完美一愿景。

（三）

内秀徐国清，
执手话感恩。
语文大飞跃，
名录寄深情。

（二）

爱生天下诚，
纷纷赶盐城。
中明松品归，
时逝言不尽。

（四）

黄海浪翻腾，
桃李神州盛。
百花竞芬芳，
圆梦国家兴。

2015年6月10日

注：

"中"指施广中现在上海工作，"明"指冯永明现在常州工作，"松"指陈如松，"品"指颜小品，都在南京工作，听说老师从京回乡专程赶到盐城，路程大半天，见面2小时，有的饭还没吃完又驾车回去，颇让人感动；"名录"指32年前笔者用钢板刻印的高考录取名单，徐国清还保存如初，可见感情之深，如此珍视太感人了！

名录情真

（一）

师生聚欢畅，
国清泪盈眶。
捧出旧名录，
感恩吐衷肠：

（二）

曾历数落榜，
蛟龙困僻壤。
师远亲临门，
携手迎难上。

（三）

免除伙食账，
治瘸倾力强。
励志再扬帆，
当年如梦尝。

（四）

一日为师长，
终生责任当。
园丁乐耕耘，
林旺遍阳光。

2015年6月13日

注：

珍藏了32年的一张高考录取名单，纸虽褪色泛黄，但师生们对往事仍记忆犹新。徐国清是班上众多优秀学生中的一员，但因家境贫困和学科不平衡，曾被迫辍学在家，在老师们的帮助下重返校园，克服困难奋发努力，单语文学科一年就上升30分，总分有了新突破，一举圆了大学梦。现为具有高级职称、医德好、医术精，在盐城一方百姓中颇有好评的外科医生。大冈中学83年高考成绩威震全市，现草述几句，以此献给为母校83年高中复习班倾心尽力创造奇迹的师生们！献给正在为中国教育事业勇探新路默默奋斗的园丁！

长风破浪

青山绿水禾蓉居，
姑娘留学三家聚。
庆华掌勺香四溢，
祝宽宗明笑可掬。

圆梦急需英才举，
亮亮小小雄心俱。
一铭与姐玩牌欢，
长风破浪终有时。

2015年8月16日

注：

"禾蓉居"地处北京怀柔区十渡地段，风景十分秀丽。诗文三家中除笔者全家外，另外两家分别为程祝宽（中科院教授、博士生导师、中国水稻研究权威专家）和郭宗明（北大教授、博士生导师），"小小"和"亮亮"分别为他们两家的姑娘和儿子，都是十多岁先后考入美国名牌大学，"一铭"是笔者的孙子，尚在幼儿园秋季上中班，姐姐哥哥都非常喜欢他，只要一见面就会玩在一起，打成一片。

心曲

群英盐渎聚福都，
总统包间唱旧歌。
"爸爸"声声含泪闪，
"妈妈"曲曲感恩多。

三千贤圣春秋度，
万众学人绘梦图。
克难攻坚迎盛世，
立潮击浪主沉浮。

2015年8月25日

注：

"盐渎"为盐城的古称。"福都"为盐城一个饭店，"总统包间"为歌厅黄金甲的一个包间，与八七届部分学生相聚，面对都年近半百的学子连连敬酒，声声爸妈唱旧歌，抒心曲，往事沧桑，历历在目，尤其是看到当年的学生，如今都成祖国的栋梁，盛世家旺事业兴，师生相拥泪盈眶，实在让人开心自豪。

人生如棋

大明府中精英聚，
师生情谊主话题。
三十三年竞展翅，
美好往事常回首。

人生是盘大棋局，
粉墨登场净旦丑。
社会价值唯奉献，
倾心相助真朋友。

2015年8月27日

品茗思锦

一杯龙井品弥馨，
千里明茶寄北京。
下海弄潮十七载，
嫩芽碧水溢香情。

传播文化扬吴郡，
书捧钱塘奔远程。
义卖进区杭满誉，
春临西子艳全城。

2016年4月8日

磨砺才是好营养

（一）

陋室迎客陡增光，
祝宽宗明聚一堂。
共贺生日全家乐，
品茗感恩话师长。

（二）

素明点名示范讲，
壁报手抄编文章。
吃三睡五干十六，
插队练就铁肩膀。

（三）

宣传典型远近扬，
恢复高考圆梦想。
书中自有金钥匙，
弃政从教定方向。

（四）

与生结伴迎峰上，
耕耘苗圃创辉煌。
倾注心血育栋材，
青蓝传承代代强。

（五）

赴京尽义新时尚，
萧何范增皆榜样。
老骥奋蹄铸久安，
名利浮云抛一旁。

（六）

坎坷历程常回望，
磨砺才是好营养。
奉献方显人价值，
知识提升展翅翔。

2015年4月6日

注：

"祝宽""宗明"分别为中科院和北大的博士生导师教授；"素明"为卞素明老师，曾任笔者小学阶段数学老师，是一位深受学生尊敬的好老师。

双节聚京口

春风拂面京口游，
朝进引导西津渡。
同登觉路上云台，
沙哑巍声飘瓜州。

大中南师忆乐悠，
共话教育露淡忧。
三尺讲台写人生，
万里长江奔东流。

2016年5月1日

注：

"双节"指五一国际劳动节和正在镇江市世业洲音乐广场举办的第五届长江国际音乐节。

镇江古称润州，别称京口。

"朝进"指刘朝进，他与戴冬雷在大冈中学高中阶段及南京师范大学阶段都是同学，朴实上进，品学兼优，高校毕业后一直在镇江丹阳市教育部门工作。

"巍声"指许巍独特动听的歌声。

"写人生"是指戴冬雷在北京，刘朝进在镇江，两位老同学相距千里，但是都从事中学教育工作，都有一个共同的梦想：为了民族早崛起，乐耕苗圃育桃李。

冬雷驾车

（一）

冬雷驾车到并州，
一路许巍歌伴悠。
阵雨山路平稳行，
事先顾虑白担忧。

（二）

今年高考又丰收，
学生泽澄区最优。
耕耘教坛十二载，
遍洒爱心向前走。

（三）

孝敬父母记心头，
回乡首先看婆婆。
培育一铭好习惯，
夫妻互勉竟上游。

（四）

人生征程犹开车，
步伐坚实需墩厚。
报效社会明方向，
利国齐家梦成就。

2015年7月20日

附：冬雷诗

许泽澄棒！（祝爱生许泽澄获今年顺义区高考文科状元）

许下志向远，
泽州为本愿，
澄清学问实，
棒者终梦圆！

2015年6月26日

久安为家

渔家傲

——贺中春荣获"北京十大最具影响力企业家"称号

白云飘飘蓝天澄，

浊浪滚滚滤水清。

郊野厂竖溢花馨。

齐上前，

急流托举二百人。

捧书一卷望远景，

绿撒九州海绵城。

大江南北扎安营。

再出发，

装点河山兴中春。

2015年12月22日

注：

"渔家傲"词牌名。"急流一句"是指北京2012年7月21日抗洪救灾中，久安公司总经理杨中春组织指挥公司丰台区河西水厂项目部全体员工（含农民工）冒着京城61年未遇的特大暴雨，在京港澳高速南岗洼桥段4米多深的汹涌洪水中奋战七个多小时救出204名受困群众，紧接着又主动将洪水引入公司正在承建的丰台河西水厂的楼基坑、MBR生物池和清水池，尽管公司遭受了巨大的损失，但使一方老百姓免受了水灾的困扰，同时也保证了京港澳高速迅速恢复畅通。风雨过后显彩虹，尽好责任方英雄，舍弃小家保大家，大爱壮举感动北京，感动全国！久安人不断用自己的行动践行企业的宗旨：承担社会责任，建设生态文明。

"中春"有两层含义。一是指北京久安建设投资集团总经理杨中春；二是指中国的春天。

附：近几年来杨中春个人所受表彰主要有

2012年度CCTV三农人物年度大奖；

中国网事感动2012网络人物；

2012感动海淀十大文明人物；

2013年被海淀园工委评为"爱职工的优秀经理"；

2013年度被中央文明办、中宣部评为"见义勇为身边好人"；

2013年度被海淀区团委授予"五四奖章"；

2013年度被首都精神文明建设委员会授予"身边雷锋·最美北京人"；

2014年度被北京市人民政府授予第十届"首都见义勇为模范群体"；

2012～2015年度海淀园"党建之友"；

2015年评选为第七届"北京十大最具影响力企业家"。

著名作家、北京电视台王春元主任记者评点

写得好！我转发到我们的官网。

李咸生总评点

久安伟业，戴老心血；

上承国策，下系民望。

锐意进取，使命崇高；

小家大家，兼顾有序。

情比范增，尤高亚父；

创业守业，项羽怎比？

新春将至，盼亲思顾；

遥递祝福，久安幸福。

久安抒怀

悠悠长河，久远浩浩画卷；

英雄指点，给人以启迪。

巍巍高山，安飞莽莽闲庭；

好汉争先，给人以力量。

久安，万众期盼；

久安，时代追求。

久安集团，一个蕴育成长在海淀清河，

腾飞在生命科学园的企业，

时刻以久安自鉴：

坚持高起点，

把握高品质，

赢得高信誉；

改善水环境，

增加水资源，

保障水安全。

市场激荡，

风雨洗礼；

友谊更久，

合作弥安。

超越您的希望，

是久安永恒的信念；

实现您的价值，

是久安不变的追求。
创新品牌，
辟新天地，
是久安无穷的魅力；
想着他人，
服务社会，
是久安神圣的天职。
昨天鼎力夯基，
今天奋力前行，
明天再创辉煌。
碧水蓝天我们建，
社会责任我们担。
污水化甘泉，
污泥变宝藏。

太湖周边巧治理，
长白山下留足迹，
黄渤之滨净化水，
天山南北铸丰碑，
京城引江转生态，
南粤改革注活力，
春风习习朝阳照，
神州处处久安造，
清溪潺潺四海流，
绿色葱葱五岳笑。

久安为家

天长地久，

国泰民安！

2015年10月26日

附：南京大学陈如松教授评点〔藏头：桂林常乐；嵌中：锦涛久安〕

学生陈如松祝老师全家元宵节快乐！细细品赏老师制作的画册，学写诗一首请指正：

桂香阵中书锦绣，

林樾秀处观涛流。

常感师恩泽久远，

乐人之乐永安悠。

碧水源颂歌

水，生命之源；
水，生命的象征。
碧水，淙淙汨汨凝力量，水滴石穿；
碧水，生生息息哺大地，人杰地灵。
碧水是境界，泉水叮咚，上善若水；
碧水是品质，心灵净化，诚待天下；
碧水是卓越，没有最好，只有更好；
碧水是追求，天人合一，世代企盼。
呵护环境，和谐相处，天遂人意；
破坏水土，无度开发，天怒人怨。
自然无情，天空灰灰，似无奈的倾诉；
现实严酷，污水浊浊，正呻吟的流淌；
开宝马喝污水，咕咕下肚，摧残精神麻木；
好山河缺滋补，滚滚沙尘，挤压生存空间。
水环境污染，污水横流，辱没我中华家园。
水资源短缺，求水若渴，制约可持续发展。

碧水源是幸福泉；
碧水源是创业者的乐园。
游子心切，报国志坚；
身在异国，情寄故乡；
安营京华，关注民生；

久安为家

专治污水，造福人类。

循环经济变废为宝，污水资源化是不朽的命题；
创建国际一流的水处理公司是我们美好的愿景。
处理污水，治理污泥，碧水源践行可持续发展战略；
挺进供水，保障净水，碧水源护卫高标准民生质量。
建设首都，助力奥运，碧水源功不可没；
治理太湖，净化滇池，碧水源大显神威。
布局两湖地区，
碧水源促使传统钢铁产业搭上环保的快车；
驻足塞外内蒙，
碧水源带去高科技促资源型经济再上台阶。
科技创新，
碧水源保驾国家级高新区中关村核心区成功建设；
开拓国际，
碧水源助力世界影响力的科技创新中心顺利落成。

碧水源人是和谐的大家庭；
碧水源人是负责的精英团队。
勤奋、智慧、感恩，是碧水源人特有的品质；
创新、创造、创业，是碧水源人前进的动力。
有理想、有品德，是碧水源人乐于奉献的基石；
有智慧、有能力，是碧水源人共同成长的保证。
自主创新，碧水源敢为人先；
勇担责任，碧水源责无旁贷。

创业艰辛，励志同心；

公司上市，科技天成。

诚信为基，研发作力；

追求完美，成就卓越。

一路艰辛一路歌，

忆往昔，勤奋与智慧让碧水源披荆斩棘，不断跨越；

一路艰辛一路歌，

看今朝，文化与科技助碧水源振翅高飞，再展宏图。

新形势、新追求；

新起点、新高度。

风雨兼程同愿景，泉涌流奔皆水清；

雄关漫道真如铁，而今迈步从头越。

铸品牌求创新，勇建国际一流；

治污水造甘露，泽被华夏后世。

文剑平平聚精英，传承社会责任；

碧水源源润心田，建设生态文明。

十五年立信铸诚，携手创业远航；

十五年攻坚克难，跻身世界三强。

润物无声，承载未来；

水纳百川，有容乃大。

心有波涛万顷，

手握膜丝三根。

汗水铺就成功路，

碧水源自碧水源。

2016年6月

注：

闻2016年北美世界膜大会碧水源再获金奖，DF机理研究引起世界专家热议，欣喜万分。特对2012年1月原为公司春节联欢会准备的朗诵诗稍加整理，旧作新发，以示祝贺。

雨后彩虹

——献给为2012年7·21抗洪抢险作出奉献的英雄们

七一期间走进河西水厂，只见草坪青青，膜池翻滚，碧水汩汩，福泽四方。一流的工程质量，一流的技术设备，一流的管理措施……让人喜不自禁，敬由心生，不觉两年前惊心动魄的一幕又现眼前：

（一）

七一走进河西厂，
碧水汩汩泛金光。
膜池翻滚似诉说，
昨天壮举岂可忘？

（二）

黑夜炸雷暴雨狂，
凹槽公路成汪洋。
百余车辆被水淹，
嘶心呼救叫爹娘。

（三）

久安老总手一扬，
闻讯下令语铿锵：
"不惜代价救生命！"
全体员工都上场。

（四）

农民工们义最仗，
一呼百应声声响。
闪闪手电光下行，
雨中拽手往前闯。

久安为家

（五）

水势迅猛往上涨，

被困群众更乱章。

抛下几个救生圈，

全被漩涡卷远方。

（六）

最先下水陈文堂，

背绳击流游车旁。

架起一条生命线，

救援群众有希望。

（七）

手术病人净惆怅，

突扎塑板筏中躺。

搜救又获十龄童，

二百余人被救上。

（八）

南岗洼段白茫茫，

高速阻隔全线慌。

中春求战欲分洪，

舍弃小家爱无疆。

（九）

挖渠围堰拆围挡，

洪水哗哗垟内淌。

企业损失搁一边，

心系国家动脉畅。

（十）

周边百姓正遭殃，

总部捐机解水荒。

杨总督阵三昼夜，

加速排洪有保障。

（十一）

市委书记临现场，

亲切慰问连夸奖：

"永为人民立功劳，

你们都是好榜样！"

（十二）

百家媒体竞采访，

韩红放歌颂脊梁。

小崔宴请农民工，

说事深情敬酒忙。

（十三）

时代呼唤正能量，
见义勇为齐赞赏。
舞台再现战洪图，
汉京万言吹奏唱。

（十四）

九死一生诉衷肠，
推车赠物恩中藏。
斩鸡千里送亲人，
跪拜献旗情义长。

（十五）

历尽风雨山河壮，
项目党员堪坚强。
救人排洪冲在前，
人间大爱谱新章。

（十六）

滴水显虹靠太阳，
奉献社会方称棒。
描绘人生争出彩，
民族复兴圆梦想！

2014年7月21日

久安为家

登哈佛论坛

桃花盛开东风劲，
哈佛论坛中春登。
拓宣北京影响力，
胸怀全球双创紧。

跨界发展绘美景，
海绵城市泽世人。
大江南北摆战场，
碧水久安新前程。

2016年4月10日

注：

久安集团总经理杨中春荣获第七届"北京最具影响力十大企业家"称号，4月8日至10日第十九届"哈佛中国论坛"在波士顿海因斯会展中心举行，杨中春受邀出席并做精彩演讲。

附：张宗香主任评点

桃花盛开春风劲，
哈佛论坛杨总登。
忆想当年家境寒，
奋力向上改人生。

跨界发展绘美景，
海绵城市泽世人。
大江南北摆战场，
再创业绩赴前程。

久安人在哈佛

影响飞越太平洋，
中春款款论坛上。
放眼全球供给侧，
思想火花频闪光。

治水环保大文章，
两手发力陈主张。
创新遍造海绵城，
蓝天白云清泉淌。

2016年4月11日

注：

　　"影响"这里有两层含义，一是指"北京十大最具影响力企业家"本身，二是指"影响者"。

南亩好风光

东风化雨立潮洋，
中春哈佛抒主张。
绿水青山描愿景，
久安建设换新装。

膜丝过滤环球棒，
河道修复流溢香。
泥污献肥城海绵，
蓝天碧泉好风光。

2016年4月17日

附：易虎总评点

老牛舔犊过高冈，
雏凤试声振大洋。
昭告中华清浊辨，
荡涤世界纳污乡。

灯下

远望窗外夜苍茫，
疾书灯下难成章。
欲评北京影响力，
十年奋进何最亮？

久安碧水建设忙，
社会责任担肩上。
红线串起明珍珠，
抬头时钟滴答响。

附：李希锦总评点

三尺讲坛，挥洒血汗，
朴素衣衫，忠心赤胆。
酷暑严寒，挑灯奋战，
回眸一看，桃李千万。

路在脚下

敢问路在何方？
豪歌李府回荡。
久安清河起步，
大兴科园道广。

碧水海绵指航，
中春率众前闯。
叱咤风云雷电，
携手再创辉煌。

2016年2月25日

注：

　　"李府"指李家大院食府，久安公司2015年年会在此举行，会上笔者应邀高歌一曲《敢问路在何方》，"科园"指中关村生命科学园，杨中春创立的久安公司后曾先后在清河、大兴、中关村生命科学园等处办公，"海绵"指建设海绵城市，"碧水海绵"是公司总经理杨中春在2015年年会上指明了久安公司今后继续前进的方向、诱人的愿景及使命担当，并表示了坚定的信念和决心，全场共鸣。正是：

碧水为己任，

建设海绵城。

再作新贡献，

造福中国人。

碧水源源

——纪念京城南岗洼段7·21抗洪救灾四周年

河西厂耸绿荫茵，
滤净池浊褐浪腾。
昔救百民搏雨暴，
今泽一片治流清。

除污化宝担责任，
变废为肥具匠心。
四海林香蓝遍野，
九州水碧景常春。

2016年7月21日

久安为家

源恒同醉

—— 贺公司乔迁大兴办公楼

中春怀梦立河边，
描绘蓝图迈路坚。
暗挖污排铺管线，
明开厂建水澄明。

往昔创业聚英拼，
今日乔迁报喜频。
隆碧常安携手上，
源恒同醉并肩前。

2011年2月

注：

"源恒"是指大兴区公司办公楼附近的一个饭店，"河"是指海淀区清河，"厂"是指污水处理厂，"隆"是指隆城五分，"碧"是指碧城公司，"常"是指常青八处，"安"是指久安公司。

拉管"要"字诀

非开挖水平定向铺设管道（俗称拉管），是一项二十世纪末在我国兴起的新的施工工艺，本人曾沉到工地，潜心钻研，拜众为师，比较实践，整体思考，细节把握，花时三年，感悟颇多，科学疏理，终成正果，居然探索总结撰写了《施工操作要领及技术规范》（内部使用），创北京市市政施工企业之先河，长期使用，效果良好，专家认可，员工高兴。同时提炼归纳《拉管"要"字诀》二十首（即80个要），与同行朋友们分享：

（一）

事业要大上，
方向要明确。
环境要和谐，
团队要合作。

（二）

制度要保障，
执行要力倡。
干部要带头，
全员要崇尚。

（三）

市场要开拓，
谋划要大样。
旧友要巩固，
新朋要加强。

（四）

工作要向前，
技术要领先。
改革要创新，
人人要钻研。

久安为家

（五）

调查要细详，
设计要科学。
测点要密布，
轨迹要顺畅。

（六）

交底要严细，
指导要及时。
服务要跟踪，
资料要全齐。

（七）

进场要准备，
计划要先订。
配置要备足，
材料要到位。

（八）

施工要严谨，
操作要规范。
步步要不让，
细节要顶真。

（九）

拉管要快捷，
钻扩要不停。
泥浆要合理，
配级要实际。

（十）

现场要效率，
组织要有力。
措施要安全，
协调要顺利。

（十一）

机械要健康，
检修要正常。
一年要大保，
间隙要小修。

（十二）

使用要恰当，
装卸要轻放。
呵护要精心，
用后要保养。

（十三）
管材要合适，
焊接要平整。
时间要达标，
质量要保证。

（十四）
铺前要细查，
环环要不差。
减阻要清障，
动力要增加。

（十五）
配合要抓紧，
异常要入神。
记录要详实，
预案要可行。

（十六）
人机要稳定，
分工要职明。
责任要承包，
工效要为先。

（十七）
管理要细精，
核算要较劲。
成本要严控，
效益要大增。

（十八）
队伍要建好，
学习要提高。
一专要多能，
重担要勇挑。

（十九）
前途要认准，
品牌要铸成。
教训要吸取，
持续要改进。

（二十）
公司要发展，
苦战要过坎。
劝君要尽力，
齐心要久安！

久安为家

锦涛久安

——为中春与方丈合影题词

九州同锦，
四海涌涛。
福泽远久，
共赢众安。

永当孺子牛

——选任海淀区东升乡社工委副书记有感

中央精神指航向，
党建工作更加强。
脚踏实地孺子牛，
身在异乡心向党。

中春率众闯市场，
群英荟萃齐心上。
久安品质大家铸，
奉献社会美名扬。

2009年11月26日

感恩励志成长

——久安二分内训感言

（一）

我们久安二分，
步调一致发奋。
天大困难不怕，
学习更知感恩。

（二）

感谢杨总指航，
培训插上翅膀。
众志成城久安，
公司指日更强。

（三）

感谢顾问老师，
精彩演讲励志。
观点时尚真好，
激发成长铭记。

（四）

感谢诸位精英，
互相加油鼓劲。
分享不忘朋友，
携手并肩同行。

（五）

感谢自信勇健，
独步创新亮剑。
永不放弃坚持，
不断进取争先。

2010年5月12日

磁心永保久安上

——京久安发展建言

老夫亦发少年狂，
一诺千金不更张。
笑谈范增空悲切，
泛蓝团队第一桩。

跨越发展明方向，
铸造精品拓市场。
彩虹总在风雨后，
磁心永保久安上。

2010年5月23日

拓展胸宽广

——随讲师团参加拓展活动游奥林匹克公园有感

碧波荡漾笑逐颜，
精英拓展临湖岸。
参天大树靠环境，
阳光永照京久安。

奥运健儿金牌揽，
全靠平时多流汗。
理念转变大提升，
企业腾飞快马鞍。

2010年5月25日

丹心永向阳

——献给久安公司张洁同志

红光满面女汉相，
心细如麻档档上。
行政材料兼财监，
堪比桂英豪气爽。

购料商家价砍让，
逮鬼深夜奔现场。
项伯之言犹可畏，
一片丹心永向阳。

2010年10月29日

注：

"张洁"曾任公司材料部长、办公室主任等职。

"项伯"为楚汉演义中楚霸王项羽的重臣却时时向汉王刘邦方面告密；"桂英"是指穆桂英，宋朝时杨家将中的人物，是一个智勇双全的巾帼英雄。

碧水丹心

工程赛男

——献给久安公司孙巧玲同志

工程赛男巧玲，

桂英挂帅攻坚。

上下左右协调，

名扬市政一线。

7·21 团队显威，

全凭扎实功力。

智援服务社会，

引领潮流向前。

2015年6月16日

注：

"孙巧玲"现任久安党总支项目部支部书记，同时任公司水厂项目总监，曾任项目经理、技术部部长、工程督导部部长等职。

事业牛人

——献给久安公司张磊同志

久安牛人张磊，
扎根公司十年。
岗位几经上下，
踏实态度不变。

赶标两天不睡，
登船反复试验。
清淤修复生态，
奉献祖国碧水。

2015年6月18日

注：

"张磊"属牛，现任久安党总支公司机关党支部书记，同时任公司方案设计部部长，曾任公司总工、副总工。

久安金花

——献给久安公司郭利颖同志

利颖久安一金花，
率众投标弃浮华。
昼夜奋战迎日出，
捷报频频人皆夸。

尊师敬长像爹妈，
把手带徒不容差。
按章结算泾渭分，
久安腾飞你我她。

2015年9月15日

明月伴行

——潮白河边夜行思

明月东方升，
倒影光伴行。
迎风河边立，
群中闻笑声。

久安正逢春，
点滴尽显情。
建好软实力，
两轮驱梦成。

2015年10月31日

久安为家

初心难忘

——祝老爷子生日快乐

恭贺古稀寿映，
儿孙绕膝成群。
历经苦难后甜，
思源感悟人生。

时值演讲晋级，
几易其稿备紧。
夙夜伏案疾书，
岂忘上路初心？

2015年8月12日

风雨彩虹

风雨过后现彩虹，
尽好责任方英雄。
大义托起众生命，
真情铸就文明风。

事业永攀新高峰，
泛蓝战略助圆梦。
汗水点滴润久安，
红烛人生千古颂！

2014年12月26日

久安为家

红烛闪闪亮

——久安公司党组织建立八周年工作回顾点滴

（一）

东风浩荡碧波扬，
中春立业清河旁。
软硬实力同关注，
两轮驱动明航向。

（二）

久安之歌声嘹亮，
拟制画册详主张。
服务创新和奉献，
宣传拓展正能量。

（三）

文明单位挂大堂，
学习党组市表彰。
雨后彩虹感海淀，
杨总荣登好人榜。

（四）

改革大潮唤时尚，
满园皆景书弥香。
红烛闪烁乐笔耕，
筑梦国盛久安强。

2015年7月1日

注：

"文明单位"是指首都文明单位，"学习党组"是指北京市学习型党组织，"感海淀"是指感动海淀十大文明人物，"好人榜"是指中国好人榜，由中央文明办和中宣部组办。

浪花激起方显秀

——任职二分经理狂想曲

（一）

零九公司陡变化，
前任离岗责放下。
再三挽留不管用，
二分小舟何处划？

（二）

人心纷乱各思家，
机械设备几散架。
留下外债几百万，
市场骤变人皆怕。

（三）

临危受命担子挑，
理清思路第一条。
建好队伍迎难上，
公司战略永记牢。

（四）

重启借款十五万，
整修机械价不谈。
重建制度贵坚持，
开拓市场向前迈。

（五）

回顾前载守旧摊，
坐井观天还自赞。
一觉醒来太落后，
要想追赶已很难。

（六）

更新理念明目标，
铸造品牌不动摇。
借势发力小变大，
勇立潮头逞英豪。

久安为家

（七）

平生做人最重诚，
好心有时遭恶棍。
做人准则不能丢，
君子何记小人恨？

（八）

老骥伏枥志依旧，
不达目标誓不休。
为保久安业长青，
浪花激起方显秀。

2010年6月9日

科学发展事业旺

——听中鼎老师内训课有感

系统培训又开学，
老师激情陈主张。
切中要害针诟弊，
理念更新要时尚。

企业还需持续上，
责职承担待加强。
端正心态为关键，
科学发展事业旺。

2011年8月21日

久安为家

诚信撼动慈母心

诚信撼动慈母心，
抛家弃业上京城。
东拽西拉不言苦，
服务七载一身清。

行管购料亲自奔，
零下十度河心蹲。
砍价堵漏夜捉鬼，
呵护久安盼企盛。

2011年11月18日

注：

　　"河心蹲"指模式口迎奥运工程，时正严冬，气温零下十多度，河心更冷，时任公司行政副总兼管材料的张洁从早上七点到晚上七点整整十二个小时未离开一分钟，一直在河心工地盯着计量拉渣土，公司高层有人粗算了一笔账，单就这一笔为公司节省了不少于20万元的支出，众皆赞叹。

心正事业兴

——二分公司班子充实新人周年有感

（一）

春去秋来一年整，
二分二段算全程。
功过得失谁与评？
浊浪过后自然清。

（二）

接任初感担子沉，
一无市场四处寻。
二无资金设法借，
三无信心靠谁撑？

（三）

吾本有意拉管振，
定章立规聚人心。
团结拼搏遏下滑，
不断进取求创新。

（四）

行事做人作风正，
构建和谐情谊珍。
千方百计治顽疾，
但求目标任务成。

（五）

九月中旬新人增，
回款经营满口承。
全年下来回头看，
壮士扼腕岂当真？

（六）

二分三段应时生，
规范科学理更紧。
切勿新鞋走老路，
永保拉管事业兴。

2011年9月15日

久安为家

开窗景明

雨后放晴，阳光灿烂，潮白河水，怀柔青山。森林葱葱，蓝天湛湛，信步窗口，美景尽收。抚今往昔，遐想无限：夫妻双双，先后赴京。坚守信念，抛家弃业，迎接挑战，铸就诚信。怀揣梦想，情系久安，历经坎坷，矢志不渝。事业为盐，虽苦犹甜，不求名利，只图奉献。尤为张洁，哪里需要，哪里发光，分管机关。井然有序，主抓材料，一尘不染，供商敬畏。模式工地，零下十度，督阵河心，十多小时。未离半步，节省廿万，如此忘我，能有几人？春秋十载，企业腾飞，华发渐生，触景生情。万千感慨，涌上心头，凝话八句，以铭心志！

年过六旬再发狂，
碧水人生搏骇浪。
壮心不已铸久安，
志在千里圆梦想。

萧何范增皆忠良，
泛蓝建汉事业长。
手握文笔勤耕耘，
心想他人天地广。

2014年8月

附：李咸生总评点

> 一诺千金是榜样，
>
> 亦师亦父放光芒。
>
> 抚今追昔明如镜，
>
> 谆谆私语在耳旁。

基业常青

今日娜娜庆生，
甘苦莫过母亲。
儿女活泼可爱，
茁壮成长梦成。

杨总率众前行，
更有贤内黄瑛。
创新两轮驱动，
久安基业常青。

2013年3月14日

久安伴你同行

细节方显功硬，
回报更见情真。
携手超越共享，
久安伴你同行。

2007年2月

瑛才逢春

——祝黄瑛生日快乐

小刚牵手黄瑛，
典礼主婚开心。
家庭日益兴旺，
久安年年跃升。

事业正逢新春，
夫妇携手共进。
实施泛蓝战略，
三羊再获大胜！

2015年1月10日

小刚英豪

——祝小刚早日康复

小牛创业日正红，
刚拂小恙吹春风。
英雄越坎志弥坚，
豪强竞舟唯数中。

2007年6月5日

久安为家

绘美人生

雨后清新，开窗即景，幽香袭来，感慨万分：农村插队，政府宣传；高考圆梦，教坛耕耘。来京十年，谨记诺言；学习提升，华丽转身。建设文化，编撰规程；盯牢安全，搞好党务。宣传典型，久安寄情；步步坚实，续写人生。抚今往昔，魏武扬鞭；凝括数句，略表寸心。

（一）

青山重重迎骄阳，
河水静静泛金光。
雾霾浊浊雨后净，
蓝天湛湛更宽广。

（二）

志在千里圆梦想，
萧何范增皆忠良。
霸王徒逞一时勇，
高祖泛蓝统四方。

（三）

万人聚会歌嘹亮，
文海丛中求更棒。
一丝不苟讲诚信，
宣传拓展正能量。

（四）

航手领航明方向，
众人划桨力量强。
描绘人生当出彩，
磁心永保事业上。

2014年9月2日

附：李咸生总评点（感恩）

人生舞台净末丑，
你方唱罢我登台。
有喜有悲有贺彩，
全从园丁裁剪来。

一日为师终身父，
早从孔孟传下来。
言传身教育英才，
不忘恩师慈悲怀。

久安为家

乐耕兴久安

——忆创作久安之歌过程有感

最灿何景？同奔前程；紧盯目标，携手并进。离乡赴京，誉满盐城；同筑久安，历史为证。居安怀恩，师生情深；低调干事，高尚做人。厚德传承，事业常青；时光流逝，使命记心。由古至今，传颂真情；卑劣项伯，可贵范增。诚信经营，天助事顺；思绪汹涌，文路顿成。

（一）

弃家进京十年，
只缘心中诺言。
换岗履职数个，
皆为梦想实现。

（二）

党群兼管行政，
安全再编规程。
工作唯求极致，
实干尽显真情。

（三）

与洁互勉加劲，
不断学习提升。
岁月催生华发，
事业使人年轻。

（四）

胸怀公司愿景，
全面服务创新。
奉献体现价值，
公司阔步奋进。

（五）

钟情执义至今，

务实有声有色。

现又笔耕为乐，

一切皆因缘生。

（六）

大义美誉日增，

重情友谊更深。

演绎千古佳话，

世人皆赞真金！

2015年2月9日

附：颜小品总评点

完全赞同老师的见解。我也以为诚信务实是每个人事业成功的依靠，也是企业长盛不衰的秘诀！诚信务实，大爱恒久，这就是久安之歌！

唱响《久安之歌》

年会迎新辞旧，
精英皆争上游。
牢记肩负使命，
书写壮丽春秋。

唱响久安之歌，
奉献社会加油。
携手创新前进，
金羊频中彩头！

2015年2月11日

奔跑吧，久安

——回顾23年前大冈中学田径运动会上的一幕

发令枪响箭齐飞，
中春瘦弱跟后面。
任性赶超盯目标，
冲刺捧得大奖杯。

事业兴旺靠路明，
人生价值在奉献。
出彩赢在转身处，
跃马扬鞭永向前。

2015年4月30日

久安为家

同舟扬帆新航程

——写在7·21抗洪救灾三周年之际献给久安的同仁和朋友们

（一）

炸雷暴雨袭京城，
南岗洼段皆淹沉。
中春闻讯下令救，
爱心托起生命绳。

（二）

何惧天黑流急深，
党员骨干冲头阵。
被困群众二百多，
泣喜感恩获重生。

（三）

习李改革东风劲，
久安发展逢良辰。
污泥浊水废变宝，
福泽华夏尽责任。

（四）

时代呼唤精气神，
工作尤需实和紧。
共建碧水蓝天下，
同舟扬帆新航程。

2015年7月21日

注：

"中春"即杨中春，是久安建设投资集团有限公司总经理、创始人，近三年来他个人所获荣誉主要有"2012CCTV三农人物年度大奖"、"中国梦·梦之蓝感动2012网络人物"、2012年度"感动海淀十大文明人物"、2013年海淀区"五四奖章"、2013年海淀园爱职工的企业家、2012年～2014年海淀园"党建之友"、2013年9月荣登中宣部和中央文明办"中国好人榜"（列见义勇为栏目第三位）。

劝君同心铸久安

（一）

支票一张捅蜂窝，
殃及池鱼卷漩涡。
公司又遭闹剧搅，
反复折腾谁之过？

（二）

回首往事心激荡，
青蓝千古树榜样。
浇灌幼苗盼成才，
再插翅膀高飞翔。

（三）

仲淹待哺春雨贵，
排议力荐优中最。
济贫育桃佳话传，
一身正气任誉毁。

（四）

电话声声催甚紧，
起步白手难亦急。
只要创业有需要，
个人名利脚下践。

（五）

挑战自我雄心抖，
怀揣一杆秃笔头。
昨天屡屡小试锋，
今朝更待凯歌奏。

（六）

抛家弃业来京时，
先建规章再完制。
还劝长兄帮拉弟，
助子成功遂愿志。

（七）

一年半载薪未取，
跨界奋进全无惧。
党群贯标和安全，
拉管规程费心血。

（八）

寒暑日昼督阵忙，
施工现场体验畅。
科学探索加谨慎，
实践创新立篇章。

（九）

安全检查倍紧张，
工程项项抓细详。
拟文落实放样子，
工作连年都上榜。

（十）

登台高歌三两曲，
赢来市政目光聚。
画册企业文化建，
彰显精神旺人气。

（十一）

任凭气候暖与寒，
忠于职守严把关。
维护集体小人忌，
何患得失清白还。

（十二）

矢志服务明方向，
诚信形象第一桩。
人才纷至京久安，
群星拱月业趋旺。

（十三）

五分碧城加八处，
久安公司册上注。
企业面貌日日新，
跨越发展迈大步。

（十四）

舵手把正船航向，
冲锋陷阵有良将。
众人划桨舟自快，
劈波弄潮踏风浪。

（十五）

征程高唱正气歌，
愿景举措不能丢。
铸造灵魂为根本，
步调铿锵创一流。

（十六）

岂料平地起风云，
无端失态拳挥人。
全场震惊皆怒目：
饮水怎忘何掘井？

（十七）
冷眼屈辱心中吞，
做人格局再提升。
莫为金钱蔽双眼，
多讲奉献奔前程！

（十八）
插曲是块试金石，
金银铜铁净测识。
笑对波澜写春秋，
事业成败靠时势。

（十九）
自古人生修声名，
魑魅魍魉影何明。
干事先得立规矩，
立身八字岂能泯？

（二十）
毅然来京绘人生，
践行承诺促梦成。
直面大千百态图，
亦幸感受情谊真。

（二十一）
伤身无妨唯担心，
波及信誉业何成？
难得机遇富营养，
雕琢美玉入新境。

（二十二）
舆论纷指是非地，
吾欲担当晓大义。
刚儿动容言辞诚，
追梦信念不能移。

（二十三）
中华文明礼仪邦，
最注讲义重情长。
项羽壮举千秋憾，
范增亮节为绝唱。

（二十四）
人间大爱唤良知，
含辛茹苦终不渝。
浪子回头金不换，
世态炎凉赞真挚。

久安为家

（二十五）

发展还需大与强，

聚沙成塔方日上。

蚁毁千堤于一旦，

季氏之忧皆萧墙。

（二十六）

春风化雨向前看，

众志成城迎万难。

劝君多尽一点力，

携手朝阳铸久安。

2007年10月

注：

　　"仲淹"是指北宋名臣范仲淹，少年时家贫好学，当秀才就时常以天下为己任，他的《岳阳楼记》一文中的"先天下之忧而忧，后天下之乐而乐"两句为千古佳句，也是他一生爱国的写照。杨中春与范仲淹在某些方面有相似之处，杨中春小时候家境贫寒，身体瘦弱，但很有抱负，学习刻苦，创业后坚持碧水为己任，心中想他人。2012年7月21日～22日在京城61年未遇的大暴雨中组织指挥员工救人壮举一直为国人所称道。

文章用心成

五型五好评现场，
竞选单位倍紧张，
审稿老师连赞好，
由三跃一潇称爽。

企业发展需大上，
软硬实力都应强，
生活砺志玉琢器，
用心挥就传世作。

2015年8月15日

注：

　　"五型五好"是指海淀区评选的"五型五好"先进党组织，当时要求初步入围单位有关人员现场撰稿，现场修改，现场评审决定，笔者和邴潇潇是第三个将完成的稿子呈交上去的，结果前两位都没有过关，我们是全场近百家单位中第一个评审通过的，评审老师连连赞好，潇潇声声称爽。

寄语月凤

（一）

华章传佳话，
久安永为家；
耕耘苦作舟，
笔落就生花。

2012年10月

（二）

心中他人想，
磨砺增营养，
处处皆学问，
扎实功夫长。

2016年3月30日

晋级演讲

演讲选优，
公开明透。
平实文稿，
专家赞誉。

展示机遇，
吾等深虑。
亮点纷呈，
再获丰收！

2015年9月6日

注：

"北京最具影响力的企业家"评选已进入50名争取进入前20名阶段，本阶段要求入围企业家必须到现场进行两分半钟的演讲，改革举措使评选活动更加公开公正公平，更有说服力。如何展示真人秀？确实让人费思量，幸亏我们准备的文稿组委会专家纷纷赞扬，认为文风平实，有高度，接地气，还特地作为范文在入围人选的圈子里发了，风采展示尚未开始，圈子内外久安已香。正是：

笔端凝真情，
皆因久安心。
拟就好脚本，
竭力促事成。

久安为家

感恩支持久安

企业大和强，
谢友皆帮忙。
有您在支持，
久安继续上。

拓展正能量，
浇灌快成长。
心中想他人，
神州圆梦想。

2015年10月21日

南国碧波扬

——贺久安公司承建的前山水质净化厂顺利提前封顶

南粤飘清香，
前山竖水厂。
扎营半年余，
造福美一方。

社会责任扛，
创新闯市场。
绿遍海绵城，
碧波圆梦想。

2015年11月29日

碧水丹心

听世界心无界

——北京影响力50进20强演讲展示感观

激情演讲展形象，
火花四溅拓影响。
想着他人建生态，
碧水蓝天筑梦想。

巨轮远航勇破浪，
东风劲吹指方向。
春绿九州皆久安，
尽洒甘露遍阳光。

2015年10月7日

注：

"火花"指入围2015第七届北京影响力50强的企业家，即影响者在演讲中散发的大胆探索、创新发展、为民服务的、让听众震撼和启迪的思想火花；"想着他人"中的他人系指企业员工、客户和广大的社会公众等，这是久安公司核心价值观里明确的服务对象，这是企业的使命所在，这是对社会责任的担当和传承，这更是一种对奉献的追求和境界；建生态包括精神、物质两个层面；"东风"喻指国家改革开放的方针政策等。

双喜临久安

双喜临久安，
闻者拍手赞。
责任担双肩，
碧水天益蓝。

中春携众干，
治污再科创。
绿野遍海绵，
神州换新颜。

2015年12月25日

注：

"双喜"一是指12月22日北京久安投资建设集团有限公司总经理杨中春捧回"北京第七届十大最具影响力企业家"奖杯，二是指12月24日又接到中国证券管理委员会上市公司并购重组审核委员会2015年第111会议审核结果通告（北京碧水源科技股份有限公司〈发行股份购买资产〉获无条件通过）。三天两佳讯，思绪喜难禁，心涌如潮，凝成几句。

"海绵"是指建设海绵城市，根据我国目前整体水少水脏水不安全的实际情况，大力治污，大力建设"有水能及时排得出蓄得住"的环境优美、生态文明的宜居城市，是彻底解决城市缺水和内涝问题，让老百姓喝上干净的放心水的一个根本举措。

晨发定福皇庄

晨发皇庄星空朗，
风吹残雪映月亮。
咚咚穿林迈园路，
东方吐白迎朝阳。

歌罢大江挥毫狂，
捧杯登台绘华章。
同建蓝天碧水流，
共筑盛世久安强。

2016年1月1日

注：

连日雾霾蔽太阳，一夜北风全扫光，星月伴行上班路，文涌落笔久安强。"久安强"是本人的梦想，这里有两层意思：一是久安公司年年跨大步登台阶，事业不断发展壮大越来越强；二是盛世久安强，实现中国梦人人需行动，共建蓝天青山绿水，使祖国永远平安越来越强。

"皇庄"即定福皇庄，位于中关村生命科学园外北侧，久安公司包租的员工宿舍——明岚公寓就在那边，距离碧水源大厦大约三公里左右。园区外的北侧是一片小树林，林中小径弯曲，其中还有一段泥路雨后还坑坑洼洼的，小径与园区宽阔的柏油大道相连接。

　　"园路"即指生命园路，是中关村生命科学园园区中部贯穿南北的一条主要干道。寒暑易节，乐走往返，个人以为这对于自己来说是个好机会，既能践行绿色出行的理念，又能有效地增强人的体质磨炼人的意志。

　　"大江"为北宋时期苏轼的词《念奴娇·赤壁怀古》首句"大江东去，浪淘尽千古风流人物"中截取的前面两个字，借此代表全词内容并抒发个人的情怀。

久安为家

园路晨曲

——献给在碧水源大厦中夜里加班争作奉献的同志们

明月映照迎风行，

两狗摇尾随主奔。

摩托轿车飞驰前，

脚踏双轮弯腰蹬。

民工匆匆三五群，

路边早点叫卖亲。

首趟公交客翘望，

碧水科技传笑声。

2016年1月6日

注：

"园路"是指中关村生命科学园中部横穿南北的主要干道。"传笑声"一句意即莫道君行早，更有早行人，在碧水源大厦中搞科技研发和招投标等夜里加班争作奉献的人们还未睡觉呢，天将明成果显，他们在完成某项任务或研发取得新的突破时倦意全无而发出的欢快笑声。

春来刚益强

——祝中春生日快乐

除夕生日祝小刚，
全家幸福又健康。
久安再上新台阶，
软硬比翼齐飞翔。

黄瑛撑好大后方，
龙凤成长皆茁壮。
事业家庭双丰收，
金猴春风洒阳光。

2016年2月7日

久安为家

生活浪花

心中牡丹

——献给已届红宝石婚的妻子张洁

（一）

花中之王遍洛阳，
更有国色在便仓。
自然花开终有时，
心中牡丹万年长。

（二）

张洁原本生乌港，
男子性格貌端庄。
贤妻良母好员工，
提及啧啧皆夸奖。

（三）

奇妙佳话传大冈，
桂林乘船正下乡。
恰逢美女岸上过，
嘉耦天成结鸳鸯。

（四）

往事委实还真相，
广富报恩挂心肠。
频频牵线多不理，
天赐良缘在张庄。

（五）

教坛示范作榜样，
五篇论文显主张。
辛勤耕耘育幼苗，
县镇屡屡颁奖章。

（六）

桂珍来电催人慌，
安逸挑战选哪项？
离家弃业赴京城，
重情重义声名扬。

（七）

转战久安展坚强，
材料行政兼管账。
常在河边不湿鞋，
零下十度盯现场。

（八）

夫君伏案侍身旁，
轻轻披衣防风凉。
一旦文稿被采用，
拉手唱歌荡双桨。

（九）

家庭乐曲常常响，
三代同堂尽欢畅。
美声西洋和稚奶，
女子高音尤豪放。

（十）

太婆喋喋不嫌忙，
正胜冬雷配着装。
一铭天天听故事，
滋润童心引向上。

（十一）

退休不忘国动向，
关注灾民捐衣裳。
连捡三星和苹果，
失主盛赞高风尚。

（十二）

万紫千红迎霞光，
僻壤飞出金凤凰。
习习春风绿九州，
牡丹更艳呈粉香。

2015年02月22日

注：

　　"便仓"为江苏省盐城市亭湖区辖区内一农村集镇，镇上有一个枯枝牡丹园，远近闻名，每年谷雨时节，枝枯叶茂花盛，香艳绝伦，游人如织，世皆称奇。便仓镇境内有个乌港村，张庄地处乌港村内，是苏北里下河地区一典型的农村自然小村落。文中所提"五篇论文"指全部由张洁同志撰写并署名，在省级报刊上公开发表的教育教学论文。

附：李咸生总评点

深藏宝石放光芒，
历久弥坚情意长。
红花绿叶总相宜，
琴瑟和谐奏乐章。

吴刚伐桂太漫长，
广寒深宫亦无常。
爱到深处皆平淡，
太阳永远不下山。

许向阳总评点

劳苦功高不张扬，
一门心思帮小杨。
历程感动许向阳，
祝愿俩老心舒畅！

卞传宽总贺信

建议题为桂林牡丹^_^。白头偕老，相爱一生，人生快意不过如此，走到一起的两个人一定是缘分，相知后开启了婚姻的空匣子，匣子里放入了彼此宽容，彼此付出，彼此欣赏，彼此依赖，彼此习惯，快乐和责任，感恩和幸福，困难和挫折，烦恼和平淡……两个人一起面对，分享快乐，风风雨雨，合二为一，拥有了宽大的胸怀，健康的身体，平和的心态，幸福的家让人快乐，快乐使人年轻，爱情不是花前月下的浪漫，而是简简单单的相依相守。只羡鸳鸯不羡仙，白发苍苍手牵手，惊呼伟大的爱情，真挚的桂林牡丹！

郭宗洲兄贺联

桂林张洁喜庆红宝石婚，送一对联表示祝贺：

天赐良缘美满婚姻一线牵，

人间佳偶和谐家庭万事顺。

横批：张恩戴德

军中"冷大胆"

冷扫南疆虏寇双，
杰出北漠射天狼。
松青水秀安京晋，
棒舞妖平镇海狂。

2016年7月17日

注：

　　冷杰松将军参加过对越自卫反击战，曾有一次经过四天三夜的抵近潜伏观察，只身徒手将两名入侵之敌擒获，是越军特工闻风丧胆的侦察连长"冷大胆"，因屡建奇功，1987年受到邓小平接见，被中央军委授予侦察英雄荣誉称号，共青团中央授予卫国卫民英雄及全国新长征突击手称号。

小院飘香

（一）

雨停风清院飘香，
菜鲜酒醇迎客忙。
将军设宴星光闪，
主宾举杯拉家常。

（二）

侦察英雄远名扬，
欲血奋战保边疆。
潜伏四天加三夜，
徒手擒获白眼狼。

（三）

首长动容语铿锵，
手指吕梁和太行。
七十年前打鬼子，
当年灭寇摆战场。

（四）

众感新政指航向，
历史责任勇担当。
全座满斟一饮尽，
同心努力圆梦想。

2015年7月19日

司令赠"寿"

春风拂地换绿装，
墨宝赠寿闪红光。
晋仙道骨藏锋遒，
将军浓眉溢慈祥。

侦察英雄威名扬，
徒手生擒白眼狼。
卫国杀寇建奇功，
爱民敬老领时尚。

2016年2月28日

汾酒清醇

翠绿浅山天碧湛，
清香飘自杏花村。
牧童遥问公何往？
玉液瓷瓶赠老人。

南国擒敌杀寇惊，
北疆拥政俯民亲。
胸怀四海风云怒，
圆梦强国建铁军。

2016年5月8日

注：

诗中所写赠酒者为一名具有传奇色彩的将军，当年曾深入敌后生擒多名俘虏，使敌闻风丧胆，是个闻名全军的侦察英雄，受中央军委表彰嘉奖。"四海"在这里主要是泛指环球国际。

在地道战遗址前

（一）

首个国家公祭日，
吾等跟随将军行。
重钻地道忆当年，
誓将鬼子全扫清！

（二）

面对遗址感触深，
国耻家恨永记心。
要想真正得和平，
加快建设国力增！

（三）

一往无前靠精神，
战斗故事永感人。
军中有名"冷大胆"，
奋勇杀敌铸军魂！

（四）

阳光灿烂似暖春，
习总讲话民众振。
复兴中华皆有责，
强军圆梦定乾坤！

2014年12月13日

玉龙沙湖

才攀好汉拾级上，
又戏沙湖踏浪狂。
木浆哗哗划水面，
心驰澹澹醉花香。

2016年8月13日

庆锋家宴

晨发顺义避暑狂，
暮聚巴林沐爽凉。
亲友十人迎大板，
肥羊一套送吉祥。
曲曲宾主歌豪放，
碗碗茶肴酒醇香。
召庙携游天湛碧，
高原舞饮月圆亮。

2016年8月13日

注：

巴林、大板皆为赤峰市辖区内的地名，召庙为赤峰市著名景区
北五台山内一个景点。

夜宿十八湾

秋风峡谷草成墙，
信步凉亭月映光。
流水淙淙湾九曲，
齐歌阵阵笑声扬。

2016年8月16日

注：
此处"流水"是指西拉沐沦河的流水。

红山军马场

朝阳汗血奋蹄扬，
绿野骑兵纵马忙。
倭寇哀鸣叹妄呓，
天骄射雕建福疆。

2016年8月17日

注：

"汗血"指优良的汗血宝马。

阿斯哈图石林

奇峰怪岭路朝天，

骏马群羊草绿肥。

柱立弯弓骄点阵，

鹰翔摸首汉飞前。

2016年8月17日

注：

　　阿斯哈图石林为内蒙古赤峰市境内克什克腾世界地质公园。"柱立"指像柱子形状耸天而立的巨大的石头，传说是一代天骄成吉思汗拴马的柱子，"骄"这里指成吉思汗。"鹰翔"是指形状像雄鹰要飞翔样子的一块巨大的石头，"摸鹰头"即指志向远、大一展宏图，游客都竞相摸着雄鹰的头合影。

赤峰之行掠影

一尊白塔诉沧桑，
四面黄沙掩旧墙。
圣水源源增体健，
玉石块块献吉祥。
冰川浩浩育山壮，
龙凤双双现北疆。
今日风和飘细雨，
明朝草绿遍牛羊。

2016年8月19日

注：
此处"白塔"指辽代释迦佛舍利塔。
"龙凤"指龙凤化石，据考证为中国目前"第一龙凤"。

泡兰亭池

丛丛绿树泡池悠，
啃啃群鱼绕脚周。
仰望蓝天飞雁噪，
击流往昔闹冈沟。

2016年8月20日

注：

"鱼"这里是指星子鱼，又名亲亲鱼，很可爱、很漂亮，专门啃人脚上的老皮，是一种可以美容的鱼；"冈沟"即冈沟河，是一条穿过家乡大冈镇的母亲河，在我们青少年时代河水很清，是人们游泳的好去处。

致敬中国女排

红旗里约屡升空，
奥运巾帼再建功。
砥砺前行十二载，
高歌筑梦向天冲。

2016年8月21日

解放村头

——插队农村生活回眸点滴

（一）

金秋漫步回解放，
众迎知青返故乡。
寻踪历历现当年，
岁月峥嵘胸激荡。

（二）

开河治水怀朝阳，
泥担穿梭彩旗扬。
左右挖锹大小手，
上凹飞晃号子响。

（三）

摇橹拉纤划双桨，
挑渣掏粪刷猪仓。
吃三睡五干十六，
除夕之夜摆战场。

（四）

打顶抹赘遏疯长，
看苗施肥捉黄秧。
肩扛均步跨渡槽，
垛尖叉草揽月亮。

（五）

公推记工谁勿抢，
跑东赶西何惧忙？
队方加粮别饥寒，
亲朋送粽暖心肠。

（六）

田间慰问样板唱，
自编自演追时尚。
工棚席地爬格子，
报刊电台播文章。

（七）

刘龙包庄新景象，
园区连片纺织厂。
倒塘碧波鱼跳跃，
稻谷飘香喜逐浪。

（八）

四十七载常思望，
熔炉磨砺促志壮。
京城恭备二锅头，
挚友初交齐举觞。

2015年10月15日

注：

"解放村"即原来的江苏省盐城县大冈镇解放大队，今年八月底曾回解放一趟，走近村头，目击巨变，岁月沧桑，感慨无限。火红年代，激情燃烧，响应号召，再受教育。奔赴农村，劳动锻炼，一身泥巴，一手老茧。知青经历，促进成长，往事如烟，尽现眼前。笔者是文革前老三届高中毕业生，1968年底插队在解放村，这里曾经是全省乃至全国沿海地区开河治水的先进典型，是笔者的第二故乡，插队期间所有农活几乎都干过了，长期与农民兄弟同吃同住同劳动，与基层群众的心贴近了，对劳动光荣的感悟加深了，艰苦磨练是人生不可多得的财富，特别是在朴实的农民身上汲取了丰富的人生营养。

"怀朝阳"是指20世纪六七十年代当时地方上提的口号，全句为"胸怀朝阳学大寨，大冈河山重安排"；"左右"一句为一般人都习惯于一只手挖锹比较得力，左右开弓都能挖大土块俗称大小手；"上凹"指用桑树削成的两头向上弯曲的扁担，这种扁担较能承重又比较省力美观，"晃"指上下晃动，飞晃说明泥担重又跑得快；"刷猪仓"是指有一段时间当饲养员，由于坚持科学养猪，环境卫生改善了，饲料的配制科学了，生猪的出圈率提高了，所需的有机肥也增多了，一套创新的做法成为当时干部社员们的美谈。

"三""五""十六"均指小时数，这是当时的口号，实际上也是如此；"打顶"一句系指既要保证棉花长势好又要遏制疯长需采取的一些技术措施；"看苗"一句系指如何使水稻丰收必须做到大面积长势平衡的一些技术措施，"捉"即抓，当地农民习惯这样说；"渡槽"原是架在河上专供排灌水用的，上面匀称地分成一楞一楞的基本与人的步幅差不多宽，可人尤其是挑担或肩扛重物在上面走时，步幅速度都必须小心翼翼把握好均衡；"垛尖"指堆在农场上很大很高的草堆，收获季节将稻草堆成垛集中存放在农场，主要备作耕牛的饲料及生产队集体的燃料；"公推"一句指记工员虽是生产队里最小的官，但却是大家最关注的官，因为记工直接关系到每个人的劳动报酬，推选时社员一个也不含糊，这可能是农村最基层的选举吧；"队方"一句是指生产队当时是按统一标准供应粮食，对于正值长身体劳动强度又大的我们显然缺口比较大，由于大队书记和生产队长的关心体贴，了解我们的实际需求，对插队知青特别照顾，基本上满足供应，从此解决了我们的温饱问题；"样板"是指八部样板戏。

"刘龙""包庄"是解放村范围内两个自然小村落；"倒塘"相传在民国二十年和三十年两次发大洪水时冲垮河岸大堤而形成的比较大而深的水面；"二锅头"是指京城所产的二锅头酒，以地方特色酒招待客人是表示尊重。

游舞彩浅山

蓝天雨后鹰击空，
舞彩群峰溢馨飘。
倚亭观池鱼戏水，
春阳遍洒郁葱葱。

一铭跳蹦追云跑，
丛林歌声谷回晓。
老少花中携手上，
登高山河尽揽娇。

2016年4月18日

注：

"舞彩"指舞彩浅山，是横亘在北京市顺义区东部木林、龙湾
屯地区的一个山脉，诗中所写为龙湾屯段。

附：易虎总评点

含饴弄孙老来福，
白首坚贞一世人。
教得童心知格物，
莱翁舞彩养慈亲。

月映凉亭

月上树梢银光照，
水下倒映席亭昭。
喷泉三面花柱扬，
奇石壁立客谈笑。

主人频频举杯高，
众宾啧啧碰吹号。
龙虾手抓鲜香溢，
京居身感江南好。

小洋衫

长空风劲激洋荡，
万里云穿回故乡。
行前忻怡购童衫，
比试款式挑时尚。

一铭装换尽蹦唱，
问姐何时登机航？
俯身图辨点悍马，
昂首姿展望远方。

河边断想

河波莽莽奔远方，
文革岁月忆神伤。
挤车赴京夹三昼，
手捧红书见太阳。

巨轮春临又起航，
万心双创九州强。
两学一做百恙治，
环宇龙腾傲世翔。

2016年4月22日

注：

　　"河"指潮白河顺义城区段。站在河边望着莽莽苍苍奔流的河水，思绪突然回到五十年前，在荡涤灵魂的文化大革命中首次来京，尽管夹在两个车厢中三昼夜，但见到了心中的红太阳，那幸福的时刻使人终生难忘。眼前迎面的春风吹来了双创的热浪，尤其是党内正在扎实开展的"两学一做"活动，本人认为意义确实非比寻常，这是提高人的素质实实在在有效的举措之一，全民素质真正上去了，中国巨龙腾飞就有了根本保障。时间如流水，一去不复返，又整整半个世纪过去了，当年的热血青年现已年近古稀，但都盼民族崛起早日圆梦，感由心生，遂写下了以上几句。

再游龙山

（一）

艳阳蓝天鸟一行，
雁栖白浪舟千竞。
龙山蜿蜒翠欲滴，
长城巍峨迎客亲。

（二）

当年捧书赴京城，
今朝挥毫乐耕耘。
半个世纪弹指间，
两轮驱动促梦成。

（三）

岁月沧桑白发生，
知识更新助年轻。
时光奔流不回头，
抓住当下建功勋。

（四）

宏愿在践干宜紧，
久安精英携手进。
治污为民废变宝，
再创水业新美景。

2016年3月26日

注：

"游龙山"是孩子们为笔者过生日特意安排的一次踏青活动。

"当年"是指文革开始的1966年，离今年正好整50年了，那是笔者第一次上北京，尤其见到了心中的红太阳——毛主席，非常激动终生难忘。

"两轮驱动"是指企业发展中的硬软两个方面的实力。

附：王爱红总评点

> 恩师溢情叹人生，
>
> 白驹过隙半世程。
>
> 笔耕建业皆美景，
>
> 虽已花甲胜年轻。

语文特级教师杨万扣主任评点

生辰揽胜——和戴老师诗作《再游龙山》

> 生辰揽胜思悠悠，
>
> 往昔峥嵘岁月稠。
>
> 唯愿久安前景美，
>
> 诗心岂顾已白头！

降日登高——再和戴老新作《再游龙山》

> 降日登高乘兴游，
>
> 半生追忆情悠悠。
>
> 诗心唯冀久安美，
>
> 岂顾双鬓已染秋！

中华腾飞

——祝福北京奥运

中国奥运花似锦，
华夏黎民齐来劲。
腾龙揽月靠和谐，
飞遂惊世日益升。

2008年3月5日

聚巍幽香

中瑞财富之夜，
正胜携着冬雷。
空谷莲花幽香，
同摇声浪一片。

曲终簇拥许巍，
握手曾经的你。
今宵歌罢何时？
共唱桃源和美。

2016年1月25日

蓝莲花

波映睡莲竞绽放，
乐起观众歌成浪。
一铭举牌望许巍，
吉他弹拨哑声扬。

翻山涉水录现场，
新作源源散幽香。
清澈高远花盛开，
听罢心曲精气爽。

2016年1月10日

注：

　　"许巍"是笔者全家人都非常喜欢的歌星，他创作的歌曲是向
人们奉献的时代精品：意境幽雅、富含哲理、充满阳光、催人奋
进，加上许巍独特的嗓音演唱，乐队的出色演奏，让人充分享受一
种全方位的立体美，旋律优美禅修味浓，悦耳入心回味无穷。人
创歌，歌即人，如蓝莲花奇美、幽香、庄严、圣洁，《蓝莲花》歌
曲中宣扬了一种对美好自由的向往追求没有什么可以阻挡的精神，
这难道不正是人们心中期待的奇特美景？这难道不正是许巍创作歌
曲的风格特点？这难道也不正是许巍精神境界的人格魅力？孙子一
铭一岁半时常常自己扳着手指排他喜欢的歌曲长长一大串，但大部

分是许巍的，其中《蓝莲花》总是排在最前面，两岁多时开口就爱唱这首歌了，还常常缠着大人问，许巍叔叔下一次演唱会在哪里举办？

"举牌"是指举起许巍的灯牌。

卧龙桥头

——五一节回乡有感

（一）

昨日在北京，
今朝回盐城。
时间一眨眼，
不觉十年整。

（二）

人间唯真诚，
难却师生情。
成就久安业，
勤奋书人生。

（三）

张洁先期行，
桂林随后跟。
夫妇共勉励，
同筑梦想成。

（四）

一诺重千金，
二分创利润。
三捧安康杯，
企业文化兴。

（五）

党建传佳讯，
感动海淀人。
增强软实力，
事业日日升。

（六）

最美人讲信，
滴水泉报恩。
项羽当后悔，
更叹楚范增。

生活浪花

（七）

家乡处处景，
尤感人纯真。
冈沟水依旧，
不如情谊深！

（八）

习李新风劲，
国人民心振。
中华须崛起，
朗朗乾坤盛！

2014年5月3日

玉带穿顺义

——潮白河边散步遐想

玉带穿顺义，
花园延河伸。
群峰竞展姿，
吾在丛中行。

习李新风劲，
雾霾一扫清。
全民齐努力，
中华定复兴！

壮美，二连浩特

——游内蒙古二连浩特有感

（一）

边关北疆，
恐龙故乡。
举家出游，
无比欢畅。

（二）

蓝天在上，
原野茫茫。
白云悠悠，
神怡心旷。

（三）

驼队盛装，
双雕翱翔。
骑汗血马，
拣玛瑙忙。

（四）

牛羊肉香，
饮草原王。
品华子鱼，
敖包歌狂。

（五）

向导老黄，
热心慈祥。
细数天骄，
眉飞色扬。

（六）

遥指远方，
古栈沧桑。
商贸依稀，
同筑梦想。

（七）

乾坤朗朗，
大道朝阳。
伫立国门，
令人遐想。

（八）

蒙胞豪放，
人美情长。
二连景秀，
终生神往！

2014年6月29日

白洋淀，华北明珠

—— 游白洋淀有感

（一）

淀水翻波闪金光，
荷花竞放迎朝阳。
鹅鸭嬉戏鸟掠空，
芦苇深处渔歌荡。

（三）

嘎子挺枪盯远方，
时刻警惕防豺狼。
痛击来犯鬼子兵，
青纱帐中摆战场。

（二）

一铭欲离大人旁，
比划掌舵拨航向。
手拍浪花沫溅身，
舟飞人欢乐满仓。

（四）

习李为民新风尚，
观音持莲呈吉祥。
中华雄起指日待，
国民同心圆梦想！

2014年7月27日

祖国万岁

——贺祖国六十五生日

　　喜接林总国庆评点，感谢不尽，本人与共和国同庚，心绪难平：历沧桑，沐阳光，越坎坷，同成长，现步先生原诗韵凑合几句，共祝伟大祖国繁荣昌盛！

红旗飘飘迎风舞，
秋雨渐渐涤霾雾。
四海欢腾同祝福，
九州激荡齐欢呼。

号角吹响擂金鼓，
华夏尧舜竞上游。
民族复兴欲圆梦，
国泰民安患尽除！

2014年10月2日

附：林汉京总原诗

祖国华诞六十五，
鼓乐声声传祝福。
烈士奋战浴热血，

华夏解放红日出。

　三山五岳齐欢呼，
五湖四海同贺颂。
　佳节七日尽观览，
神州大地繁花舞。

精英聚十渡

——参加海淀园工委组织基层党组织书记培训班有感

（一）

党建精英聚十渡，
五子朝阳迎客住。
公报句句振人心，
培训参观互交流。

（三）

信步会仙桥上头，
群山壁立云层锁。
但闻远处水潺潺，
拒马河中鱼自游。

（二）

习总讲话解民忧，
依靠群众不用愁。
坚定步伐向前走，
何惧苍蝇老虎多？

（四）

阳光四射拨浓雾，
改革信念更加固。
月光盈盈献祥瑞，
依法治国幸福路。

2014年10月25日

注：

"五子"与"月光"为世界地质公园内两座奇特的山，皆在云泽山庄周边。

盘山，您令我陶醉

（一）
APEC会议开，
全家正休闲。
下榻新电车，
心潮涌波澜。

（二）
拾级云根站，
一铭抢先攀。
瑶池赐云来，
飞瀑挂山涧。

（三）
物丰成千万，
黄柿压枝弯。
水库鱼味鲜，
林蛙诱人馋。

（四）
早知有盘山，
何必下江南。
巡幸数十次，
不怪乾隆叹。

（五）
清风吹霾散，
艳阳照天蓝。
欲圆复兴梦，
改革克艰难。

（六）
连田理念赞，
淑英赛大男。
缘何景更美，
只因换人间！

2014年11月10日

良辰美景逢盛世　嘉耦天成比翼飞

——郭建、国萍婚礼上贺词

（一）

盐阜大地沐阳光，
串场河水嬉逐浪。
亲朋好友聚钱江，
婚礼大厅笑荡漾。

（二）

一对青年有志向，
两心相印成鸳鸯。
国萍姣容美市院，
小建英俊帅建行。

（三）

先拜天地呈吉祥，
再拜高堂寿无疆。
夫妻含情行三拜，
耕耘幸福蜜如糖。

（四）

永结秦晋事业强，
比翼双飞竞翱翔。
白衣天使个个赞，
金融战士天天上。

（五）

高歌一曲小白杨，
乡土滋润促苗壮。
乐为社会多奉献，
养育之恩不可忘！

（六）

时代呼唤正能量，
百善孝敬第一桩。
工作之余常回家，
陪伴老人是榜样。

（七）

依法治国众欢畅，
学习提升最时尚。
携手同心绘蓝图，
民族复兴圆梦想。

（八）

爆竹声声震天响，
举杯频频祝酒忙：
新贵早生胖小子，
来宾健康财富旺！

2014年11月23日

重庆，我们来了

（一）

顶星全家启航程，
俯瞰大地撒金银。
京渝相隔三千里，
一个时辰飞重庆。

（二）

歌乐山下红岩魂，
献身信仰永感人。
众皆肃穆祭先烈，
继承遗志扬精神。

（三）

浓雾缭绕锁山城，
战友驾车云中行。
解放碑前慨今昔，
磁器口镇面貌新。

（四）

两江齐汇朝天门，
平湖苍茫水盈盈。
健康长寿人向往，
创造幸福六合春！

注：

"磁器口"和"长寿"为重庆市两座著名古镇。

附：林汉京总评点

戴老师，兴致高，
重庆旅游涌心潮。
烽烟滚，雾缭绕，
革命红旗迎风飘。

生活浪花

火锅热，腊肉好，
舌尖味道真美妙。
踏青山，走川道，
健康生活年年好。

泡温泉

园外雪花飘飘，
池中热气冒冒。
纪念红宝石婚，
全家温泉泡泡。

大人自游笑笑，
一铭嬉水闹闹。
凡尘杂事皆无，
尽享天伦融融。

2015年2月20日

人间最美平亦淡

——忆与爱妻张洁携手四十个春秋有感

（一）

四十年前牵洁手，
正月初三办喜酒。
世态变幻伴炎凉，
唯有真情暖心头。

（二）

夫唱妇随度春秋，
风雨同舟一路歌。
携手并肩迎万难，
相濡以沫跨坎坷。

（三）

平凡人生不平凡，
乐助别人展胸怀。
尊老爱幼泽四代，
重情厚德皆赞叹。

（四）

奇缘佳话为美谈，
三生有幸表愿景。
盛世百花艳华夏，
人间最美平亦淡！

2015年2月23日

附：冬雷爱女贺信

携手相伴四十载，不忘初心更恩爱，无关岁月美灿烂，笑声同行春常在。您俩让我懂得了爱的真谛，愿您俩一直幸福的走在路上。

郭洁霞老师贺信

致亲爱的舅舅舅母：三十六载转眼将逝，忙忙碌碌日子未曾细心品味！今夜拜读舅舅佳作三篇，尘封多年的情感齐聚心头！尤以"心中牡丹"最令儿叹服！赏完热泪盈眶，相依相伴若此，今生无悔！忆往昔，儿时一幕幕再现心头！舅母对儿的感染已深入骨髓，您的豁达大度，您的雷厉风行，您的心灵手巧，您的严谨细心，令儿不断自省自勉自励！舅对儿的教诲与期盼，时时刻刻耳畔回响，舅舅一身正气，勤勉严谨激励吾辈不敢懈怠！曾记否，年少的霞儿冬雷围坐您二老身旁，无忧无虑地倾听着您二老的故事，梦想着自己的未来！您二老给予我们方向和力量，您二老教会我们珍惜和付出，敬爱的舅舅舅母，满心的祝福无法用言语表达，只在我思念您二老的心里……

朋友，祝福您

　　心中牡丹，纷纷点赞，真情实意，颂语感人。四十历程，感悟切身，闲聊共勉，略表谢心。

（一）
纪念婚庆，
全家开心。
泡泡温泉，
别有风情。

（四）
冷面凡尘，
交友宜诚。
净化心灵，
永做真人。

（二）
池中浮沉，
皆为赤身。
贵贱不分，
唯有笑声。

（五）
感谢同仁，
鼎力前行。
攻坚克难，
共筑梦成。

（三）
忽现奇景：
中华启程，
环球翘首，
天蓝霾清。

（六）
朋友精英，
快乐好运。
春风习习，
家和事兴！

2015年2月28日

采摘草莓

雨过放晴百花鲜，
幼儿又来采摘园。
春风习习阳光照，
张张稚脸红艳艳。

小手捧果比草莓，
师生咯咯笑甜美。
园丁育苗多甘苦，
伸臂拥抱大自然。

2015年4月4日

家乡酒更香

——静夜群聊有感

清明回故乡，
滔滔抒衷肠。
在京班主任，
盐城遥相望。

二锅头醇香，
梦之蓝浓强。
32 年一挥间，
弥久情更长！

2015年4月5日

秋千荡悠悠

顺鑫村中绿海茫，
桂林张洁秋千荡。
回味往昔牵双手，
太阳含笑洒金光。

相濡以沫相扶将，
吴刚嫦娥亦向往。
风雨同舟四十载，
碧空万里天地长。

2015年4月25日

泛舟雁栖湖

三代泛舟雁栖湖，
四岁孙子抢掌舵。
波光闪闪迎风浪，
会议中心引船走。

龙山青翠抱明珠，
巍峨长城遥相守。
杭州西子誉天下，
相比怀柔谁更秀？

2015年4月26日

柳道晨曲

雨过风吹霾尽藏，
潮白河面泛金光。
白鹤翩跹丛中舞，
鱼鹰掠水振翅翔。

青年晨跑岸柳响，
银须飘处弹拉唱。
绿茵簇拥妪展姿，
红花怒放心逐浪。

2015年5月20日

太阳出来了

——在人民大会堂观看芭蕾舞剧《白毛女》

（一）

携洁拾级入会堂，
议政大厅宽又亮。
观看舞剧白毛女，
翻身百姓气豪爽。

（二）

天昏地暗民遭殃，
地主凶煞似虎狼。
又逼租子还抢人，
杨白劳苦命先丧。

（三）

喜儿逃亡深山藏，
雷电交加风雨狂。
野兽出没熬白头，
盼来救星见太阳。

（四）

习李新政指航向，
人民当家定方略。
消灭恶霸黄世仁，
民族复兴圆梦想。

2015年6月27日

兄弟，您好吗

——忆交往已届60年的弟兄们

（一）

广明来电响，
思绪飞故乡。
60年景再现，
回首不堪想。

（二）

家穷人皆棒，
何惧烤太阳？
书画编壁报，
竞赛登榜上。

（三）

历经风雨狂，
困难伸手帮。
人生叹短暂，
兄弟情谊长。

（四）

时势皆沧桑，
知识需武装。
携手向前进，
永创新辉煌。

2015年6月2日

贺乔迁新居

正逢春风化雨时，
胜怀报国保家志。
冬夏春秋喜安居，
雷惊华夏鸿运济。

2010年4月18日

清明忆双亲

——和张宗香主任《明节悟感》

（一）

又逢清明雨纷纷，
望乡怀故泪沾巾。
合家曾挤小两间，
草薄屋漏桶盆等。

（二）

夜买豆渣嚓嚓蹲，
挖菜灯鹅拔茅针。
姐弟五个同上学，
一瓶稀粥三人分。

（三）

送儿时中涉水行，
灯下纳底到三更。
磨砺坎坷增营养，
扬蹄千里待自奋。

（四）

牵手张洁遇福星，
双亲早逝孝怎敬？
克难而上传承好，
育桃培李万木春。

2016年4月2日

注：

　　"挖菜"指挖野菜，"灯鹅"指一种野菜名，味苦，连生猪都不吃，三年困难时期因为家庭兄弟姐妹多，生活很拮据，由于吃不饱，不管是什么名种的野菜都挖回家充饥。"茅针"为茅草中的嫩芽，无味能吃。

　　"夜买豆渣"是指无论寒暑都到豆腐店买豆腐渣充饥，因每人只许买一份，唯恐买不到，笔者和姐姐每天夜里就起床力争排在队伍的前面，四九寒冬经常冻得直打哆嗦。

"送儿时中涉水行"，1965年笔者考上时杨高中，因那时大冈还没有高中，正逢发大水，盐都西大片的乡镇皆泡在水中，因那一年考上时中的就笔者一个人，父亲送笔者到时杨高中报到，需转乘两次船，船到何夹寺上岸，父亲背着小木箱子紧紧拉着笔者的手，又在水深齐膝的田埂上跑三里多路才到达学校。

"灯下纳底"指钉鞋底，母亲常年累月一直到笔者高中毕业插队农村后还在不停地钉鞋底。

附：张宗香主任《明节悟感》，

空屋偶遇独自守，清明节前酸乡愁。

先辈前后相继去，悔愧能时欠孝厚。

宅西老榆树

——忆乌港庄老墩子西侧的老榆树

宅西榆树遥望，

故人何时还乡？

墩子已削小半，

风吹一隅泪淌。

儿女志在四方，

耀祖学习时尚。

急待新枝吐绿，

再迎北漂两香。

2015年4月24日

附：张宗香主任诗《栀枝花开》

栀枝花的那洁白，

栀枝花的那清香。

透出家乡的远久，

透出家乡的古朴。

你我同样的思念，

你我同样的想往。

家永远是游子的根，

家永牵着你我的心！

平淡为真

——和宗香主任诗《何以为真》

坎坎坷坷度人生，
相濡以沫方显真。
彩虹尽在风雨后，
搀扶向前最美景。

2015年5月18日

登水长城

巍巍水长城，
群峰陡且青。
千年沧桑史，
荣辱全见证。

山口风正劲，
潭水碧清澄。
好汉争先上，
凌高揽奇景。

2015年5月24日

月儿又圆了

深夜皓月当空照，
群内趣谈嬉戏闹。
上次盐城聚难忘，
何时再团开心笑？

参天大树国之骄，
园丁倾心恨力小。
三十三年情谊路，
英才辈出师自豪。

2015年7月3日

海边听潮

观潮听浪水连天，
主人设宴渤海边。
细雨忽飘似助兴，
落日彩霞竞露脸。

草原赞歌滩头飞，
酒香祝福频举杯。
都道乐亭景色秀，
岂有朋友真情美？

2015年7月5日

心醉普吉

（一）

穿云破雾飞普吉，
八方游客芭东集。
金滩银沙细且软，
尽享阳光冲浪尖。

（二）

阵雨洒后碧空现，
橡胶椰林翠欲滴。
外海湛蓝惊涛狂，
湾内透绿珊瑚见。

（三）

正胜冬雷同浮潜，
老虎鱼群随身追。
一铭爷奶戏击水，
双手比划身心健。

（四）

放眼大洋谁言浅？
王室公主结姐妹。
郑和皮皮传佳话，
中泰友好永向前。

2015年8月4日

注：

　　七月底八月初，中国东部直至东南亚大部分地区都处在雷雨季节，故飞机飞行常处在穿云破雾的状态中；"老虎鱼"因全身皆老虎纹，当地百姓称之为老虎鱼，鱼很小，但奇多，喜欢跟人游，政府对生态环境保护特别重视，给人印象极其深刻；"公主"指当今泰国王室二公主；"皮皮"岛即大小PP岛，当年郑和下西洋曾多次经过此地，留下中泰友好源远流长的足迹。

回盐路上

驾车回盐心飞扬，
甜蜜莫过依母旁。
当年弟兄可安好？
更有学子常相望。

卧龙桥下好风光，
靴子河畔育苗壮。
廉颇老矣志尚存，
何日渊明归故乡？

2015年8月19日

注：

"母"既指生母，这里主要喻指故乡；"卧龙桥""靴子河"都是传说中宋太祖赵匡胤千里送京娘经过此处，历来称为真龙宝地，母校大冈中学就座落在河边；"廉颇"为春秋战国时期赵国名将，有很强的爱国心；"渊明"即陶渊明，为东晋末期宋初期诗人，自号五柳先生，后隐居乡村田园。

汉京号响

（一）

彩霞日出东方，
汉京昂首号响。
声曲激荡大地，
雄鹰长空飞翔。

（二）

林总德馨艺强，
敬业上下夸奖。
创新屡出成果，
奉献老当益壮。

（三）

热心公益榜样，
志愿服务多项。
娓娓科技普及，
激情抗战宣讲。

（四）

7·21疾书奔忙，
组团义演赶场。
吹奏时代强音，
一切皆为梦想。

2015年9月1日

红艳神医

红心仁术治患忙，
艳手勤和泽四方。
神针点穴拔魔痛，
医比华佗誉世邦。

2016年5月24日

注：

　　"红艳神医"为藏头诗，诗中红艳为刘红艳医生，是北京市顺义区中医院推拿科主任、副主任医师，是北京市著名的中医专家。以刘红艳主任为代表的推拿科是个整体医术精湛、医德高尚的优秀团队，其中还有何欢、郭亮、金海燕、苗静、张潇然等医生都深受广大群众的好评，被百姓誉为"神术无声除疾，良医有情解病"的白衣天使。

河边见龙山

清晨河边眺龙山，
秋风拂面雾霾散。
彩霞初映波光粼，
白云飘飘天湛蓝。

莽莽原野绿尽揽，
跑步打拳人灿烂。
鲜花丛中迎朝阳，
锦绣前程圆梦担。

2015年9月13日

注：

秀美"龙山"座落在雁栖湖边，笔者家住潮白河边（顺义城区段），龙山离笔者家相距约50公里，没有雾霾时常到河边欣赏多姿多彩的龙山。

难忘难老泉

（一）

雨后晋祠游，
曲阁临池走。
悬瓮绿层层，
喷泉清溜溜。

（二）

周柏碧透油，
桐叶散落珠。
千年历沧桑，
一泓天地流。

（三）

彩虹偎悠悠，
林深古寺幽。
庙刻新楹记，
玉液润万畴。

（四）

习风吹九州，
功名勿追求。
潭边欲掬水，
身正影自留。

2015年9月19日

注：

山西晋祠游虽已过两个月时间，记忆一直美好，尤其是难老泉印象深刻，令人难忘，且给人以启迪。"悬瓮"为山名，柏相传生长于周朝，祠中有许多古树，有的已经有两千年左右的历史。"彩虹"这里指晋水，"一泓""玉液"皆指难老泉泉水。

追月

清风河边色朦胧，
幽香扑面沁脾中。
垂柳飘飘迎送客，
灯火斓处歌午融。

嫦娥出宫偶露容，
波光映月乱云涌。
孔明灯飞追冲天，
九天之遥圆心梦。

2015年9月28日

注：

此处"河边"是指潮白河边，没有看到皓月当空，固然让人有
点儿失望，但月亮钻出乱云，瞬间的露脸也给河边赏月的人们以无
限的欢乐、美感和遐想。

兰根登长城

风清艳阳升，
兰根怀柔行。
雁栖碧波扬，
会址观美景。

慕田拾级登，
长城独亲近。
览尽天下秀，
岂及师生情？

2015年12月4日

注：

　"兰根"指颜荣兰和宗永根夫妇，"会址"指APEC会议地址。

相聚好梦圆

艳阳高照空气馨，
北风横扫雾霾净。
宽明华春与胜雷，
好梦圆中迎永根。

擎天大树桃李情，
学子端杯敬双亲。
天下感人何最美？
师生执手望远景！

2015年12月3日

注：

"宽"指程祝宽，中国科学院教授、博士生导师；

"明"指郭宗明，北京大学教授、博士生导师；

"华"指赵庆华，中科院高级农艺师；

"春"指杨中春，久安公司总经理，曾荣登中国好人榜；

"胜"指仇正胜，曾任炮兵团副团长，现转业在地方工作；

"雷"指戴冬雷，北京市牛栏山第一中学教师。

人人驱雾霾

漫空弥雾霾，
出门难往外。
戴着口罩行，
镜面热气揩。

望毒人皆忔，
呼唤绿色来。
烈风加劲吹，
重见蓝天开。

2015年12月8日

女儿赠口罩

巧玲冬雷送口罩，
戴上外行步自高。
雾霾肆虐逞几时？
蓝天白云苍龙遨。

生态精神一肩挑，
碧空如洗江山娇。
风清气正春常在，
万绿丛中红花笑。

2015年12月9日

雏鹰展翅

——祝爱女冬雷生日快乐

生日快乐贺冬雷，
举杯敬亲笑迷迷。
相夫教子兴家道，
扶老过路让车停。

乐耕教坛细耘田，
授知提能疏心理。
辅导夜归谢红包，
育雏成鹰展翅飞。

2015年12月26日

注：

"谢"指谢绝。"展翅飞"是指教育培养的学生纷纷成人成才了，如爱女冬雷曾亲自付出心血的学生许泽澄，今年高考成绩列北京市顺义区第一名。

而立开心

——祝仇超30岁生日快乐

寒梅傲雪盼春早，

侄儿成长叔倾劳。

而立开心婶悉忙，

一铭搂哥声声娇。

持枪注目戍京郊，

阅兵维和万里遥。

生子当如孙仲谋，

扬鞭奋蹄勇求超。

2016年1月3日

注：

　"而立开心"，一是指在"开心"农场庆贺侄儿仇超30岁生日，二是指庆贺生日仇超很开心，大家也都很开心。

　"戍京郊"是指仇超原是长沙国防科技大学高材生，大学毕业以后直接分至北京。

　"孙仲谋"为三国时代孙权。"求超"指力求超越，亦与仇超的人名谐音，整句寄寓在现有基础上戒骄戒躁，快马再加鞭，继续奋发努力，不断为国建功立业。

家庭幸福事业成

——贺正胜冬雷新婚快乐

顺峰大厅喜气盈，
正胜冬雷结同心。
比翼双飞齐努力，
家庭幸福事业成。

世代福泽万年长

——祝张洁六十岁生日快乐

广富感恩心惆怅，
乌港飞出金凤凰。
便中牡丹今更盛，
粉香情谊永不忘！

一个机缘乌港庄，
两心相连同梦想。
三种角色皆典范，
四代福泽万年长。

回乡年味浓

清风彩霞满天飘，
举家回冈歌伴笑。
一路南行尽车流，
抵盐九龙抒心潮。

灯笼高挂鞭炮闹，
乡音绵长恨见少。
更喜相聚众爱生，
干杯共贺金猴到。

2016年2月5日

注：
"九龙"为盐城宏派国际大酒店九龙厅。

春风艳阳处处景

——祝一铭生日快乐

（一）

雨雪初霁天放晴，
在冈亲属聚广信。
回家过节年味浓，
此起彼伏鞭炮声。

（二）

一铭抢座特来神，
拽拉奶奶依偎紧。
细手举杯挨次碰，
切分蛋糕笑盈盈。

（三）

席间逗乐小主人，
双语对话众皆惊。
歌罢空谷蓝莲花，
挺枪英姿虎威生。

（四）

满堂飘香弥乡音，
共祝幼童美前程。
点亮蜡烛许心愿，
春风艳阳处处景。

2016年2月6日

注:

"抢座"这里是指一种游戏活动。

记者访谈（代后记）

语文老师中关村书写党建经

——海淀新闻中心记者胡蓉

与共和国同龄的戴桂林，是北京碧水源科技股份有限公司党委办负责人，同时，也是民营企业中少有的专职党务工作者。

碧水源2009年成立党支部时，戴桂林早已是北京久安建设投资集团有限公司的专职党务工作者，拥有丰富经验。正因如此，2011年，碧水源打通水务全方位建设平台，收购久安公司时，一向重视党务工作，并亲任支部书记的碧水源董事长文剑平，有了得力干将。

"文总要我把两边的党务工作都抓起来。"就这样，戴桂林开始在上千人的企业里，在挂着"副总经理办公室"门牌的宽敞办公室里，专职负责起碧水源的党务工作。

从照亮学生到照亮企业

戴桂林是一个上山下乡的老知青，插队时在宣传组用一支笔，树立过好些典型。他也是一个手持教鞭的辛勤园丁，三尺讲台，几十春秋，桃李满天下。

如果说，当年上山下乡、恢复高考是戴桂林的人生转折，那么2004年，从一个中学语文老师，到一个技术性很强企业党务工作者，是他人生的又一次转折。

2004年，55岁的戴桂林在江苏盐城一所中学当教导主任、工会主席，早已桃李满天下。暑假期间，他和老伴一起上北京看望独生女儿，并且和在北京发展的一些得意门生聚会。

结束愉快的北京之行后，不想戴桂林在返回江苏途中，遭遇车祸险些丧命。后来，为了帮助恩师留在北京和家人团聚，也为了请恩师出山出谋划策，戴桂林的得意门生——久安公司总经理杨中春，力邀戴桂林加入久安公司。

那一年，戴桂林也已经符合学校"工龄满30年，具有高级职称"内退的要求。于是，他选择提前离开教师岗位，来到北京，走向企业。

从此，江苏盐城的中学少了一位优秀的人民教师，北京中关村多了一位"两新组织优秀负责人"。

巧借东风顺势而为

众所周知，民营企业抓经营是最为重要的。党务工作如何开展，尤其是专职的党务人员工作该怎么做？

"巧借东风，顺势而为。"戴桂林说，这是他做党务工作的经验。他解释说，东风就是国家政策、领导想法、员工心声，只有把党建工作、企业文化、工青妇工作结合起来，才可能做好党务工作。

这些年，戴桂林发挥语文老师特长，在企业创办内刊

《京久安在线》和《久安之家》，在公司内部架起一座上下级之间、同事之间沟通的桥梁。这些年，他也曾一次次把怀孕员工请到家里，让老伴帮忙熬汤做饭补充营养。

除此之外，戴桂林还充分发挥当年和贫下中农打成一片、和广大青年学生的打成一片的好人缘，以长辈的关心、党组织的关心等多重身份，全身融入到企业员工中去。

有一次，公司一位技术人员因为"背黑锅"被领导误解，提出辞职。就在公司领导同意这名技术人员辞职后，戴桂林一边找领导解释情况，争取机会，一边安抚教育员工，最后替公司把人才留了下来。

"因为平常这些员工都信任我，有什么话都跟我说，事情的来龙去脉我都知道。"戴桂林说，其实他"不让走"最重要的还是为公司考虑，一是避免人才流失，二是避免在员工中造成负面影响。

抓党建最好全能型

企业要做大做强，就必须重视党建工作。戴桂林认为，市场经济中企业发展要"向钱看"，就更需要党员，需要榜样的力量。

也许很多人都知道碧水源公司的膜技术是国际一流的高新技术，但只有内部人知道，他们的膜丝设计院一共30余人，其中包括技术带头人在内，一半是党员。

目前，碧水源有党员150人左右，分布在公司各个岗位。今年轰动一时的7·21京港澳高速大救援中，整个碧水源河西项目部从项目总监到项目经理、安全员、生产经理、技术员等都参与了救援。戴桂林介绍，其实整个河西项目部"就是一个党小组"。

在戴桂林看来，企业党支部里组织成员要优秀，党组织负责人更应该优秀。虽然自己是半路出家，但他要求自己"业务上也要尽可能拿得出手"。

当初在久安公司，戴桂林曾单独负责过一块公司业务。从一个拿粉笔头的语文老师，到一个生产技术性较强的企业骨干，专业跨度可想而知。为了快速进入角色，他恶补专业知识，仅仅花一年时间，就编写了一份专业性很强的《水平定向钻进管线铺设工程实施操作要领及技术规范》，令人刮目相看。

在做企业专职党务工作总结时，戴桂林坦言自己的经验其实挺简单，就是："最好能动笔，能写会画；业务上要拿得下；关键时刻要站出来说话。"